알파벳 P의 비밀

옮긴이 **두행숙**

서강대학교에서 독어독문학을 전공한 후 독일 뒤셀도르프 대학에서 문학 박사학위를 받았
다. 명지대 · 한국교원대 · 충북대 등에서 강의하였고, 현재는 서강대에서 학생들을 가르치
며 전문 번역가로 활발한 활동을 하고 있다. 『빠빠라기』 『늑대들의 변명』 『세상을 보는 지혜』
『헤겔 미학』(전3권) 『영혼을 위한 미소』 『정원 일의 즐거움』 『그리움이 나를 밀고 간다』 등
많은 책을 우리말로 옮겼다.

초판인쇄 2002년 9월 10일   초판발행 2002년 9월 20일
지은이 요아힘 프리드리히 그린이 에다 스키베 옮긴이 두행숙
책임편집 염현숙 신선영 원선화 염미희 디자인 안지미 정연화
펴낸이 강병선 펴낸곳 (주)문학동네 출판등록 1993년 10월 22일 제22-188호
주소 136-034 서울시 성북구 동소문동 4가 260번지 동소문빌딩 6층
전자우편 kids@munhak.com 인터넷 www.kids.munhak.com
전화번호 927-6790~5, 927-6751~2 팩스 927-6753
ISBN 89-8281-566-X 04850 89-8281-565-1 (세트)
＊잘못된 책은 바꿔 드립니다.

알파벳 P의 비밀

●요아힘 프리드리히 글

●에다 스키베 그림

●두행숙 옮김

문학동네 어린이

알파벳 P의 비밀

1. 꽃무늬 치마

순간 시만스키 형사는 아찔했다. 그 틈에 미녀를 납치한 범인은 슬그머니 시만스키 형사의 뒤로 다가가 곤봉으로 머리를 내리치고는 자동차로 달려가 쏜살같이 내뺐다.

하지만 납치범이 미처 생각 못 한 것이 있었다. 시만스키 형사가 아주 냉철하고 강인한 베테랑이라는 사실! 시만스키 형사는 곤봉에 맞은 충격으로 얼굴을 잔뜩 일그러뜨렸다. 더러워진 점퍼 깃 사이로는 피가 흘러내렸다. 그러나 그는 안간힘을 다해 다시 일어섰다. 미녀의 생명을 구할 시간이 얼마 남지 않았다. 금방이라도 무너져 내릴 듯한 공장 건물에 감금된 아름다운 여자. 그녀는 손발이 꽁꽁 묶인 채 시한 폭탄이 째각대는 의자에 앉아 있었다.

시만스키 형사는 비틀거리며 공장으로 향했다. 얼굴은 머리에서 흘러내리는 피와 땀으로 범벅이 되었다. 눈앞이 희뿌옜다. 그러나 쓰러지지 않으려고 버티면서 한 걸음씩 앞으로 나아갔다. 불과 몇 미터 앞. 마침내 건물에 접근하는 데 성공했다. 하지만 미녀를 구할 때까지 시간이 기다려 줄까? 폭탄이 폭발하기 전에 미녀를 구할 수 있을까? 순간이었다. 쓰러질 듯한 공장 건물에서 날카로운 비명 소리가 들려 온 것은!

"아빠! 카밀레 차 다 식어요!"
한참을 거실 문 앞에 서서 나는 반쯤 넋이 나간 아빠를 바라보고 있었다. 아빠 말고 또 누가 있을까? 이른 아침부터 텔레비전 앞에 앉아 시만스키 형사가 나오는 〈사건의 현장〉을 보는 사람이. 몇 번이고 나는 혼잣말로 되물었다. 아빠는 시만스키 형사의 열렬한 팬이다. 비디오를 몇 번이나 되풀이해 봤는지 모른다. 줄거리도 훤히 꿰고 있겠지. 아마 〈사건의 현장〉을 보면서 아빠 나름대로 뭔가 배우는 게 있기는 있나 보다. 우리 아빠는 형사다. 시만스키와 그 이름도 비슷한 카민스키. 그렇기는 해도 아빠가 아빠의 우상 시만스키 형사처럼 되기는 힘들지 않을까?
아빠는 끄응 하는 신음 소리와 함께 의자에서 몸을 일으켰다. 그리고는 리모콘의 빨간 단추를 꾹 눌렀다. 피범벅이 된 시만스키 형사와 시한 폭탄 위에 앉아 있던 미녀가 브라운관 속으로 사라졌다.

그제야 아빤 내게 얼굴을 돌렸다.

"아니, 시간이 벌써 그렇게 됐나?"

"아뇨. 하지만 아빠랑 아침 먹고 싶단 말이에요. 개학 첫날부터 손에 빵 조각 들고 스쿨버스로 달려가고 싶지는 않아요."

아빠는 아차, 하며 손으로 이마를 쳤다.

"오늘이 개학하는 날이지, 방학이 끝났구나!"

"아빠! 계속 그렇게 깜빡깜빡하다가는 이름도 까먹겠어요. 그러다 잠옷 차림으로 그냥 일하러 갈지도 몰라요."

아빠는 내 뺨에 입을 맞추며 말했다.

"그럴까 봐 네가 있는 거잖니. 한심한 아빠를 잘 보살펴 주라고."

나는 아빠에게 카밀레 차를 따라 줬다.

"나도 그랬으면 좋겠지만요, 이젠 방학도 끝났고 다시 학교에 가야 한다고요. 빨리 파출부를 못 구하면 우린 얼마 안 가서 먹을 게 다 떨어져 텅 빈 냉장고를 뒤지면서 햄버거나 씹고 있을 거예요."

아빠는 부엌 안을 휘 둘러보았다. 부엌이라고 해서 다른 방보다 나을 것은 없었다. 청소를 한다고 애를 쓰긴 했지만 티는 나지 않았다.

"파출부 하나 모시는 게 하늘의 별 따기일 줄이야."

아빠는 우유가 담긴 그릇에 콘플레이크를 넣고 스푼으로 저었다.

"광고를 세 번이나 냈는데도 영 쓸 만한 파출부가 안 나타나네."

"쓸 만한 파출부가 몇 명 있기는 했죠. 비싸서 그렇지."

"아니면 온종일 일을 못 한다거나."

"아니면 괴상하게 생겼거나."

나는 아빠 말꼬리를 놓치지 않고 받아넘겼다.

"동료들에게 물어 봐야겠다. 혹시 아니? 우리에게 딱 맞는 파출부를 소개해 줄지."

"벌써 그 정도로 새 직장에 익숙해졌어요?"

아빠는 콘플레이크를 젓다 말고 숟가락을 접시에 내려놓았다. 그리고는 뭔가 찔리는 것이 있는 듯 슬그머니 나를 쳐다보았다. 아빠를 언짢게 할 생각은 없었다. 다만 다시 이사를 가야 하는 건 아닐까 하는 두려움이 앞섰을 뿐.

이 곳은 내 맘에 쏙 들었다. 아직 친구 하나 없었지만 그런 것쯤은 익숙했다. 내 기억으로 우리는 세 번도 넘게 이사를 했다. 아빠의 전근이 잦았기 때문이다. 예전 같으면

'경찰은 모두 이렇게 생활하는 거야.' 하고 생각했겠지만, 그 동안 진짜 이유가 다른 데 있었다는 걸 알아차렸다. 물론 그 이유는 단 한 번도 겉으로 드러난 적은 없었다. 그래도 아빠의 직장 친구들이 지나가듯 던진 말이나 아빠의 말로 미뤄 보건대 아빠가 직장에서 최고는 아니라는 걸 알 수 있었다. 그래서 어느 정도 시간이 지나면 아빠는 으레 다른 곳으로 배치되곤 했다.

"사실, 이번 근무지는 그리 나쁜 편은 아니야."

아빠는 내가 무슨 걱정을 하는지 대충 짐작하는 듯했다.

"파우어 형사 때문에 좀 힘들기는 하지만."

"그 분이 아빠 상관이에요?"

"아냐, 동료야. 상관은 바인라인이지. 바인라인 형사 반장."

"그럼 파우어 형사가 아빠에게 이래라 저래라 명령하지는 않을 것 아녜요?"

"그렇긴 하다만 파우어 형사가 날 우습게 보는데 어쩌겠니?"

"누구더라…… 아빠가 얘기했었는데, 음 그 우스꽝스런 이름을 가진 여자 형사는 어때요?"

"릴리 라살! 아주 괜찮은 여자지. 전에도 잠깐 같이 일했었어. 릴리가 경찰 학교를 갓 졸업하고 처음 발령받은 곳이 내가 있던 데였거든. 하지만 별 도움이 안 될 것 같구나. 아직은 보조 형사니까."

"학교 갈 시간이에요."

나는 재빨리 일어나 아침 식사로 먹으려던 빵을 쌌다.

"버스 타는 데까지 태워 주실 거죠?"

아빠는 내 말엔 대꾸도 않고 물었다.

"가방엔 뭘 챙겨 넣었니?"

아차! 아빠가 〈사건의 현장〉에 빠져 있는 동안 책가방이나 싸는 건데.

"뭐냐면요, 음, 아, 꼬마곰 젤리요!"

"리카르다! 내가 입이 닳도록 말했지? 학교 갈 때는 제발 생각 있는 것을 싸 갖고 다니라고!"

"저도 입이 닳도록 대답했어요! 신경이 날카로울 때는 꼬마곰 젤리를 먹어야 한다고요. 그리고 지금 전 신경이 날카로워서 쓰러지기 일보 직전이라고요. 어쩌실래요? 버스 정류장까지 태워다 줄래요, 말래요?"

"곧장 학교까지 직행하지 뭐."

"싫어요. 버스가 좋아요. 친구들 얼굴을 볼 수 있거든요."

"흠, 친구들이라! 사내 녀석들은 아니구?"

아빠는 씩 웃어 보였다. 나는 아무 대꾸도 하지 않고 옷장으로 가서 재킷을 꺼내 입고 캡을 썼다.

아빠는 못마땅한 듯 나를 바라보았다.

"그 괴상한 모자 좀 그만 쓰면 안 되냐, 리카르다?"

"첫째, 이건 괴상한 모자가 아니고요, 둘째, 이건 캡이에요. 정확히 말해서 야구 선수가 쓰는 캡이요."

"아무렴. 하지만 넌 야구를 안 하잖아. 게다가 옷 색깔은 또 뭐냐?"

"이게 어때서요? 내 머리 색하고 이렇게 잘 어울리는데."

"새빨갛잖아."

"누가 아니래요. 내 머리칼과 아주 똑같은 색이죠."

"그걸 쓰면 네 머린 가려서 보이지도 않아. 그렇게 짧게 자르다니."

"예쁘기만 한데요 뭐."

"누가 말리겠니."

아빠는 포기한 듯이 말했다.

이 년 전만 해도 나 역시 다른 애들처럼 최신 유행 상표 옷만 사 입었다. 통이 좁은 바지가 유행하면 통 좁은 바지를 입고 다녔고, 통이 넓은 바지가 유행하면 바지 한 쪽 가랑이에 몸통 세 개는 들어갈 만큼 넓은 통바지를 샀다. 스웨터와 재킷, 신발 등을 어떤 상표든 가리지 않고 사들였고, 교내에서 유행을 선도했다. 그러던 어느 날, 문득 깨달음이 있었으니! 이런들 뭐가 나아지겠어? 새빨간 머리와 수백만 개의 주근깨, 난쟁이 똥자루마냥 작은 키와 콩나물처럼 빼빼 마른 몸집엔 최첨단 유행 패션도 돼지 목에 진주이거늘.

그 다음부터 나는 아무 옷이나 입었다. 하필이면 고르는 옷마다 유행과는 거리가 멀었지만. 내가 보물처럼 아끼는 오토바이 재킷과 빨간색 캡도 벼룩시장에서 겨우 20마르크(독일의 화폐 단위. 우리 돈으로 약 만 이천 원) 주고 산 것이다. 어쨌든 나처럼 작달막하고 비쩍 마른 데다 머리는 불꽃처럼 빨갛고, 괴팍한 차림새로 다니는 애한테는 친구들이 잘 붙지 않는다. 그래서 일찌감치 희망을 접었다. 지금의 학교도 예전 학교와 다를 게 없다고.

나는 학교로 들어서서 운동장 여기저기를 돌아다녔다. 방학하기 전에 아빠와 함께 전학 수속을 밟았을 뿐 같은 반이 될 아이들의 얼굴조차 아직 몰랐다. 하지만 어디로 가야 하는지쯤은 알고 있었다. 지난번 학교에서처럼 교실이 어디 있는지 몰라 몇 시간 동안 헤맬 생각은 털끝만큼도 없었다.

새 학교에는 금방 익숙해졌다. 스쿨버스가 학교에 닿을 때쯤 꼬마곰 젤리는 절반쯤 없어졌다.

아이들은 운동장 여기저기에 모여 서서 방학 동안 있었

던 일들에 대해 얘기를 나누고 있었다. 나도 그 동안 겪은 흥미진진한 경험들을 얘기해 줄 수 있으련만. 예를 들어, 커피 세트를 깨지지 않게 포장하려면 낡은 신문지 몇 장이 필요한지 하는 것들!

첫째 시간을 알리는 종이 울렸다. 아이들이 우르르 교실로 들어갔다. 나는 두려움 반 기대 반으로 새 학기를 맞이하는 아이들 틈으로 끼여들었다. 아이들의 시선이 내게로 쏠리는 게 느껴졌다.

나는 교실로 들어가지 않고 일단 문 앞에 멈춰 서서 문을 통과하는 아이들 하나하나를 훑어보았다. 정확히 앞으로 일 년, 이 학교에 다니면서 교실에서 많은 시간을 보내야 되겠지. 새 교실에서 함께 지낼 아이들도 예전 학교의 아이들과 다를 게 없을 거다. 그건 확실했다. 겉모습도 그렇고 입고 있는 옷조차 비슷했으니까.

그 때 한 여자 아이가 내 눈에 번쩍 띄었다. 키가 엄청나게 컸다. 적어도 나하고 비교하면 그렇다는 얘기다. 덩치도 내 두 배가 넘었다. 그러나 그보다 먼저 눈길을 끈 건 그 아이의 옷이었다.

세상에, 무릎까지 닿는 꽃무늬 치마에 하얀 블라우스를 받쳐 입다니! 지금도 저렇게 옷을 입는 애가 있단 말야? 나는 첫눈에 그 아이에게 끌렸다.

나를 보는 아이들의 반응은 제각각이었다. 눈길 한 번 주지 않는 아이가 있는가 하면 호기심 어린 표정으로 바라보는 아이도 있었다. 물론 다짜고짜 장난을 걸어오는 녀석도 빼놓을 수야 없겠지.

"이봐, 빨강머리!"

뻐드렁니에 양쪽 귀가 삐죽 솟은 녀석이 소리쳤다. 가만히 있을 수 없었다.

"뭘 봐, 멍텅구리!"

나도 맞받아쳤다.

물밀듯이 교실 안으로 들어가던 아이들이 조금씩 줄어드는 것 같아 나도 교실로 들어갔다.

바라던 대로 의자가 하나 비어 있기는 했지만 아쉽게도 맨 뒷줄이었다. 내가 그 자리로 향하자 누구 할 것 없이 나를 돌아보았다. 나는 아랑곳하지 않고 의자에 앉았다. 하지만 교실 안의 모든 눈동자는 여전히 내게 들러붙어 있었다.

"안녕."

나는 애써 미소를 지어 보이려고 했다.

"나, 전학 왔어."

그러자 갑자기 무슨 명령이라도 받은 군인들처럼 모두가 속닥거리고 킥킥대기 시작했다. 나 원 참!

단지 한 아이, 꽃무늬 치마를 입은 아이는 아니었다. 나

보다 몇 줄 앞에 앉아 있는 그 아이는 조롱 섞인 눈초리는 커녕 신기한 물건 보듯 나를 쳐다보지도 않았다. 그냥 나라는 아이에 대해 관심을 보였을 뿐이다.

담임 선생님이 들어오고 나서야 나는 잠시나마 아이들의 눈길에서 벗어날 수 있었다. 내 기억이 틀리지 않다면, 담임 선생님의 이름은 라이머였다.

"아, 네가 새로 전학 온 아이로구나!"

담임 선생님은 나를 발견하자 반가운 듯이 소리쳤다.

동시에 아이들의 웃음보가 터졌다. 담임 선생님은 아이들이 왜 웃는지 알지도 못하면서, 신경이 거슬렸는지 아이들을 조용히 시키고는 내게 앞으로 나오라고 말했다.

맙소사, 이런 것까지 해야 하다니! 되는 일이 없다니까. 교단 앞으로 나가는 동안 아이들은 고개를 이리저리 돌려 대며 나를 쳐다보았다.

"이 아이는 리카르다 카민스키다. 오늘부터 함께 공부할 친구야. 사이좋게 지내길 바란다. 알았지?"

"안녕."

나는 인사를 하면서, 대체 선생님이 간밤에 무슨 꿈을 꿨기에 이러는지 궁금했다.

아이들은 씩씩하게 고개를 끄덕여 주었다. 어떤 아이들은 인사를 건네기도 했다. 하지만 꽃무늬 치마는 묵묵히 앉아 호기심 어린 눈길만 보내고 있었다. 그 애가 지금 무슨 생각을 하는지 알 수만 있다면 어떤 대가라도 치르겠습니다, 하느님!

"리카르다는 아버지와 함께 이 곳에 이사를 왔단다. 리카르다의 아버지는 매우 흥미로운 일을 하고 계시지. 어디 한 번 맞춰 보렴."

'아, 안 돼요! 제발 그것만은!'

"성냥 공장 공장장이요!"

아까 그 뻐드렁니가 외쳤다. 아이들이 일제히 웃음을 터뜨렸다. 뻐드렁니는 이 반에서 제일 웃기는 녀석인 것 같았다. 하지만 이번에도 꽃무늬 치마는 웃지 않았다. 라이머 선생님은 신경질적으로 고개를 저었다. 뻐드렁니가 성냥처럼 빨간 내 머리 색깔을 보고 비아냥거린 건데 그걸 이해 못 하다니, 선생님은 유머 감각이 형편없는 것 같았다.

"웬 뚱딴지 같은 소리냐, 카민스키 씨는 형사야. 진짜 범죄를 수사하는 형사란 말이다!"

선생님은 자신이 마치 형사라도 되는 듯 우쭐해져서 말했다.

"카민스키 형사요?"

뻐드렁니가 외쳤다.

"시만스키 형사하고 친척이래요?"

정말이지 그 말은 조금도 우습게 들리지 않았다. 아빠와 내가 귀에 딱지가 앉도록 들어온 말이니까.

"후베르트 바커!"

화가 머리끝까지 난 라이머 선생님이 외쳤다.

"도대체 언제까지 아무 때나 불쑥불쑥 끼여들 거니?"

그러니까, 뻐드렁니의 이름은 후베르트 바커구나. 후베르트 바커? 하하하! 다른 사람의 이름을 놓고 농담할 처지는 아닌 것 같은데…….

이 모든 일이 끝난 후에야 나는 여전히 내게로 고개를 돌리고 있는 아이들의 시선을 받으며 내 자리로 돌아갔다.

수업 시간과 쉬는 시간이 무사히 흘러갔다. 아무도 내게 말을 걸지 않은 건 정말 다행스러운 일이었다. 물론 내 등 뒤에서 수군대며 장난을 치는 아이들은 있었다. 전에 다니던 학교에서도 그랬는데 여기라고 다르겠어?

몇 번인가 꽃무늬 치마에게 말을 걸고 싶었지만 용기가 나지 않았다. 이름도 아직 몰랐다. 쉬는 시간에도 그 앤 언제나 혼자였고, 수업 시간에도 손을 들고 대답하는 일이 없었다. 나와 똑같았다.

5교시를 마지막으로 첫날 수업은 끝이 났다. 학교는 생각보다 나쁘지 않았다. 그렇다고 덩실덩실 춤을 출 만큼 좋지도 않았다. 나는 될 수 있으면 조용히 집으로 돌아가려고 했다. 하지만 유감스럽게도 뻐드렁니 후베르트가 나를 가만 내버려 두지 않았다.

그 녀석은 두 사내 애를 대동하고 교문 앞에서 나를 기다리고 있었다. 일부러 못 본 척하며 그 앞을 지나치려는데 후베르트가 소리쳤다.

"야, 땅꼬마! 너를 뭐라고 부를지 헷갈려서 말이야. 빨강머리라고 부를지, 땅딸보라고 부를지, 아니면 성냥 대가리라고 부를지? 어떤 게 마음에 드냐?"

나는 걸음을 멈추고 뻐드렁니에게 몸을 돌렸다.

"리카르다라고 불러 줬으면 좋겠구나. 그게 내 이름이거든. 그리고 나도 헷갈리는 게 있는데 말야. 너를 뭐라고 부를지 네가 결정해 줘. 후비, 멍텅구리, 뻐드렁니? 마음대로 골라!"

그러나 후비인지 멍텅구린지 뻐드렁닌지 하는 녀석도 유머 감각은 없는 것 같았다. 남을 놀리기는 잘해도, 자기를 놀려 먹는 말은 받아들일 줄 모르는 녀석이었다. 뻐드렁니는 한 대 후려칠 기세로 내 코앞에 바짝 다가섰다.

"너, 천방지축으로 날뛰는데, 조심해. 내가 너라면 주둥아리 함부로 놀리지 않을 거야. 꼴사나운 일 당하고 싶지 않으면."

"그래? 너도 말인데, 내가 너라면 먼저 이빨부터 닦을 거

꽃무늬 치마 21

야. 나한테 이렇게 가까이 접근하고 싶다면 말야. 네 입에
서 썩은 냄새가 폴폴 나거든."

후베르트의 패거리들이 배를 움켜쥐었다. 후베르트가 그
아이들 쪽으로 고개를 돌렸다. 그 애들은 내가 던진 농담이
후비의 시시한 농담보다 재미있다고 느낀 것 같았다. 후비
가 다시 내 쪽을 향했을 때, 후비의 눈빛은 등골이 서늘할
정도로 싸늘했다. 그러나 곧 내 등 너머 무엇인가를 본 후
비의 안색이 하얗게 질리기 시작했다.

거기엔 꽃무늬 치마가 서 있었다.

"제기랄!"

후비는 홱 돌아서더니, 걸음아 나 살려라 하고 도망쳤다.

덩치가 큰, 꽃무늬 치마는 미소를 지으며 손을 내밀었다.

"내 이름은 율리아야. 율리아 볼프. 하지만 다들 나를 작
은꽃이라고 불러."

2. 이상한 파출부

나는 후비의 뒷모습을 쳐다보았다. 후비는 경찰에 쫓기는 범인처럼 패거리와 함께 줄행랑을 놓고 있었다.

나는 작은꽃의 손을 잡았다.

"고마워. 나는 리카르다야."

"알아. 라이머 선생님이 몇 번이나 얘기했잖아."

작은꽃이 말했다.

"맞아, 그랬었지. 하마터면 후비한테 한 방 먹을 뻔했어. 짜아식, 십 년 감수했네."

"걘 말만 번드르르해. 이젠 널 건드리지 못할걸."

"그런데 후비가 왜 너를 겁내는 건데?"

작은꽃은 어깨를 으쓱했다.

"아마 내 취미 때문일 거야."

"취미? 취미가 뭔데?"

"권투."

"정말? 어떻게 그런 걸 할 생각을 했어? 혹시 아빠가 권투 하시니?"

작은꽃은 머리를 저었다. 내가 다시 말했다.

"쉬는 시간에 너한테 말 걸고 싶었는데 용기가 안 나더라."

"그런 줄 알고 있었어. 너, 내가 무섭니?"

"무섭냐고? 왜 그렇게 생각해?"

"애들 모두 나를 무서워하거든."

"네 취미 때문에?"

"아마도. 몸집도 한몫 했을 거야. 나 좀 봐. 몸집만 아니었으면 애들이 내 옷차림 가지고 줄기차게 놀렸을걸."

"아마도……. 항상 그 치마만 입니?"

"응, 항상. 괴상해 보일지 몰라도 난 이게 좋아. 유치원에 다닐 때 엄마가 꽃무늬 치마와 블라우스를 입혀 준 적이 있어. 보는 사람들마다 나보고 아주 예쁘다고 했어. 그 때부터 다른 옷은 안 입어. 그래서 별명도 작은꽃이야."

"딱 내가 생각한 대로다! 참, 날 리키라고 불러 줘. 지난번 다니던 학교에서도 그렇게 불렸어."

작은꽃을 보면서 나는 우리처럼 완전히 딴판인 사람도 찾아보기 힘들 거라고 생각했다. 적어도 겉으로 보기엔 그랬다. 그런데도 내가 생각이라는 걸 하기 시작한 후 처음으로 나와 비슷한 아이를 만났다는 생각이 들었다. 왜 그런 생각이 들었는지는 모르겠다. 그저 그 애에 대해 더 알고 싶을 뿐이었다.

"가까운 데 사니?"

"아니. 버스 타고 가야 해. 140번 버스."

"나랑 같은 버스네! 잘됐다. 우리 함께 타고 가자."

우리는 나란히 서서 말없이 걸었다. 나는 작은꽃이 자기 가족에 대해 먼저 말을 꺼내 주길 바랐다. 하지만 작은꽃은 영 그럴 마음이 없는 듯했다. 하는 수 없이 먼저 입을 여는 수밖에. 그건 어렵지 않았다. 난 아빠가 조금도 부끄럽지 않았으니까!

"난 아빠하고만 살아."

"알아."

"어떻게?"

"라이머 선생님이 말했잖아. 네가 아빠랑 함께 이 마을로 이사 왔다고. 부모님하고 왔다고 얘기하지 않고."

"그렇구나. 그게 마음에 들었나 보네?"

"응, 나도 엄마랑 둘이 살거든. 물론 할아버지도 있지만."

“진짜?”

내가 외쳤다.

마침내 그 아이가 자기 가족에 대해 털어놓기 시작한 것이다.

“너네 아빠도 도망갔니?”

작은꽃은 걸음을 멈추더니 나를 바라보았다. 아차, 요 방정맞은 입! 나는 나 자신에게 화가 났다.

“왜 그런 생각을 하는데?”

작은꽃이 물었다.

“그냥, 경험으로……. 어렸을 때 엄마가 우리만 버려 두고 도망갔거든. 그래서 엄마에 대한 기억은 하나도 없어.”

“우습다.”

작은꽃은 들릴 듯 말 듯 중얼거리더니 계속해서 걸어갔다. 나도 잰걸음으로 작은꽃의 뒤를 바쁘게 쫓아갔다.

“좀 천천히 가면 안 되니? 못 따라가겠어. 뭐가 우습다는 거야?”

작은꽃은 걸음을 늦추었다. 고맙기도 하지.

“이유는, 네 말대로니까. 우리 집도 그래. 아빠가 엄마를 버리고 떠났거든. 그 때 나는 겨우 갓난애였는데 말야.”

“우연치고는 정말 우습네.”

나는 그렇게 말하면서 동시에 우리 두 사람에게 공통점

이 있다는 것이 기뻤다.

"너네 엄마 너 키우느라 힘드시겠다."

"그럭저럭 꾸리고 있어."

"어떻게?"

"엄마가 일을 하거든."

"아, 그렇구나. 무슨 일을 하시는데?"

작은꽃은 버스 정류장 쪽을 가리켰다.

"버스 온다. 서둘러."

차를 타고 가는 동안에도 나는 그 애의 가족에 대해서 뭔가 캐내려고 이런저런 시도를 해 보았다. 하지만 작은꽃은 그 때마다 대답을 피했다. 나에겐 인내심을 갖고 한 발짝 물러서서 기다리는 태도가 필요했다. 그러지 않으면 작은꽃과의 우정은 시작도 하기 전에 깨질 테니까.

차에서 내리면서 보니까 작은꽃은 여전히 꼼짝 않고 자리에 앉아 있었다. 그 아이는 내게 어디에 사는지도 말해 주지 않았다. 원래부터 별로 말이 없는 성격인 것 같았다. 그래도 어쩐지 우리가 서로 잘 지낼 수 있을 것 같은 생각이 들었다.

정류장에서 내려 집으로 가는 동안, 나는 줄곧 엄마 생각을 했다. 사진이라도 없었다면 엄마 얼굴조차 까맣게 몰랐을 것이다.

목소리라도 한 번 들어 봤으면 얼마나 좋을까.

아빠는 엄마에 대해 이야기하는 것을 썩 달가워하지 않는다. 우리를 버리고 떠난 엄마를 도저히 용서할 수가 없는 것이다. 엄마의 가출은 정말 이상하다는 말로밖에는 표현이 안 된다. 아빠의 얘기로 추리해 보면 엄마는 출장 중이던 어떤 남자를 만나 함께 도망을 갔다. 진짜 영화에서나 나올 법한 일이지 뭐람! 그 남자의 직업이 뭐였는지 아빠가 말해 준 적은 없지만 나는 늘 그 남자가 보험회사 직원이었을 거라고 상상했다. 내 생각엔 아빠도 그 당시에 무슨 일이 일어났는지 속속들이 모르는 것 같았다.

나는 집으로 돌아오자마자 아파트 주위를 한 바퀴 휘 돌았다. 경찰 사택인 이 아파트는 예전 아파트보다 훨씬 나았다. 내 방은 크고 멋졌는데, 작은 공원까지 훤히 내다보였다. 하지만 이사 온 후로 한 번도 아파트를 제대로 청소한 적은 없었다. 그러다 보니 집 안은 마치 전쟁터 같았다. 한시라도 빨리 파출부를 구하지 못하면 우리는 영락없이 쓰레기 더미에 깔려 질식하고 말 것이다. 물론 아빠가 직장 동료들에게 누구 적당한 사람이 있는지 물어 보겠다고 했지만, 별로 기대는 하지 않았다. 어쩔 수 없이 내가 팔 걷고 나서는 수밖에.

나는 신문 구인 광고를 보고 보내 온 편지들을 다시 모아 부엌 식탁 위에 죽 늘어놓았다. 혹시나 편지들 중에 하나쯤 빼놓은 게 있을지도 모르니까.

하지만 결과는 실망이었다. 편지를 보내 온 사람 모두 이미 얘기를 나눠 보았거나 우리의 초대로 아파트를 직접 방문한 사람들이었다. 다만 한 사람, 엘제 슈미츠인가 하는 여자하고만 아직 얘기를 나눈 적이 없었다. 아빠는 그 여자의 편지를 펼쳐 보지도 않고 옆으로 밀쳐 두었다. 그 편지엔 사진도 없고 신분을 보장할 만한 어떤 증명도 없었던 것이다.

나는 손으로 직접 쓴 그 여자의 편지를 읽어 보고 나서야 아빠가 왜 그 여자에게 전화를 걸지 않았는지 알 수 있었다. 편지엔 이렇게 씌어 있었다.

신문 광고를 내신 분께!

저는 지금껏 파출부로 일해 본 적은 없지만,
어쩐지 그 일에 흥미가 당기는군요.
전화 주세요.

엘제 슈미츠

초보자는 우리 집에 필요없다는 게 아빠의 말이었고, 그것으로 끝이었다. 그러다 보니 지금에 와서 남은 사람은 그 여자 한 사람뿐이었다.

그래, 밑져야 본전이지. 나는 편지에 씌어 있는 대로 전화번호를 꾹꾹 눌렀다. 벨이 두 번 울리고 곧 누군가의 목소리가 들렸다.

"여보세요? 아만다 X입니다."

"여보세요? 저는 리카르다 카민스킨데요. 엘제 슈미츠라는 분 계세요?"

"파출부 때문이군요?"

"어떻게 아세요?"

"전화를 기다리고 있었어요. 내가 엘제 슈미츠예요. 아만다 X는 내 예명이죠."

"와! 그럼 아직 파출부 일에 관심이 있으신 거예요?"

"두말 하면 잔소리죠! 안 그러면 뭐 하러 전화를 기다리겠어요?"

아만다 X가 웃었다.

"그럼 언제 한 번 저희 집으로 오시겠어요?"

"글쎄요, 학생이 우리 집을 찾아오는 게 더 나을 것 같은데요."

내가 제대로 들은 것일까, 나는 귀를 의심했다.

"일하게 될 곳이 궁금하지 않으세요?"

"별로요."

아만다 X는 주저하지 않고 대답했다.

"내가 보기엔, 학생이 내가 사는 모습을 보는 게 순서일 것 같군요. 그래야 내가 정말 집 안을 잘 정돈할 수 있을지 판단할 수 있지 않겠어요? 학생의 아파트야 내가 언제라도 가서 볼 수 있잖아요. 다른 아파트하고 크게 다르지는 않을 테니까."

그 말이 맞는 것 같았다.

"어디 사시는데요?"

"라첸키퍼른 가 13번지예요. 전에 공장이 있었던 자리죠. 잘못 찾을 일은 없을 거예요."

아빠가 퇴근해서 집에 돌아왔을 때 나는 아만다 X를 만나 보자고 한참이나 졸랐다.

아빠는 지금까지 들어 온 말 중에서 가장 바보 같은 말이라고 코방귀를 뀌며 들어주지 않았다. 하지만 나는 아빠를 구워 삶는 일에 어느 정도 자신이 있었다. 결국 아빠는 내게 두 손 두 발 다 들고 말았다.

아만다 X가 말한 것과는 달리 라첸키퍼른 가를 찾는 데 우리는 꽤나 애를 먹었다. 아직은 우리가 이 도시에 낯설어서인 것 같았다. 시내 지도를 사 들고 행인 몇 사람한테 물어 본 다음에야 우리는 아만다 X가 사는 집 앞에 도착할 수 있었다.

그 곳이 공장 건물이었다는 말을 듣지 않았더라면 난 그저 보통 아파트로 보아 넘겼을 것이다. 특별히 멋진 건물은 아니었지만 공장 건물로 여겨질 만큼 허름한 건물도 아니었다.

입구는 활짝 열려 있었고, 안으로 넓은 계단이 이어져 있었다. 내가 무턱대고 들어가려 하자 아빠가 나를 붙들어 세우며 입구에 걸린 간판을 가리켰다.

"저기 좀 봐라! 뭐라고 씌어 있다!"

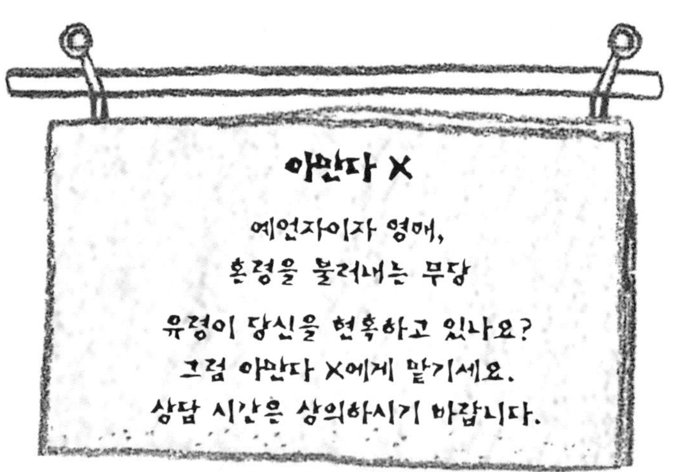

"내가 원하는 건 파출부지, 해괴망측한 아프리카 마술에

빠져서 바늘로 인형이나 찌르는 미치광이 노파가 아니야!"

"아빠는 어째서 아만다 X가 할머니일 거라고 단정하는 거예요? 게다가 아프리카 마술에 대해선 한 마디도 안 씌어 있는데? 저는요, 아만다라는 사람을 꼭 봐야겠어요. 파출부로 안 쓰더라도 여기까지 왔는데 그냥 갈 수는 없어요!"

아빠는 머리를 흔들었다.

"그래, 그래. 오죽하겠니. 어떤 여잔지 한 번 보기나 하자꾸나."

아만다 X의 집은 현관에 페인트칠을 다시 해야 한다는 것만 빼면 아주 깔끔했다. 천장에 해골 같은 것도 걸려 있지 않았다. 이층과 삼층엔 건물 안으로 통하는 문이 하나씩 있었다. 문은 모두 잠겨 있었는데, 초인종도 달려 있지 않았고 누가 살고 있다는 흔적도 없었다.

사층으로 올라가는데 한 남자가 다가왔다.

"안녕하세요."

나는 쾌활하게 인사를 건넸다.

그 남자는 대꾸 대신 "트랄랄라 랄랄라……." 하며 즐겁게 새처럼 휘파람을 불며 우리 곁을 지나쳐 갔다. 아빠와 나는 멍하니 그 뒤만 바라보았다.

"그 여자가 침으로 마술을 걸었나 보다."

아빠가 조그만 목소리로 속삭였다.

"잘 봐. 개구리들이 계단 밑에서 튀어나올지 모르니까."

마침내 우리는 건물 맨 꼭대기인 오층에 다다랐다. 좀 전에 건물 입구에서 보았던 요란한 간판이 문 앞에도 붙어 있었다. 흘긋 곁눈질로 보니 아빠 얼굴에 그냥 돌아갔으면 하는 표정이 역력했다.

나는 조심스럽게 노크를 했다. 아무런 소리도 들려 오지 않았다. 이번엔 좀더 세게 두드렸다.

"열려 있어요!"

웬 여자의 목소리가 들렸다.

"세무서 직원만 아니면 언제라도 환영이라우!"

아빠는 살며시 문을 열었다. 우리는 모퉁이에 몸을 숨기고 안을 들여다보았다. 맨 먼저 눈에 띈 것은 양이었다. 그것은 장난감도 아니었고, 솜에 긴 양털을 꿰매 붙인 인형도 아니었으며, 그 비스무레한 것도 아니었다. 그건 진짜 살아 있는 양이었다. 더구나 선글라스를 쓰고 있는!

아빠는 낮게 비명을 지르더니 문을 닫고 벽에다 바짝 몸을 붙였다. 얼굴이 백지장처럼 하얬다.

"아빠, 양 때문에 그러는 건 아니죠?"

아빠 귀에 대고 내가 속삭였다.

"그런 모습으로는 천하의 시만스키 형사도 소매치기 잡

기는 다 글렀다고요."

날 쳐다보는 아빠의 눈동자에 아주 잠깐 원망의 빛이 비쳤다. 아빠는 다시 문을 열었다. 내가 아빠의 자존심을 건드렸나?

"이봐요! 문 열렸다고 했잖아요!"

다시 큰 소리가 들려 왔다.

털북숭이 양은 꼼짝도 하지 않고 여전히 그 자리에 서서 우리를 빤히 쳐다보고 있었다. 선글라스를 쓰고는 있었지만 내 생각엔 분명 우리를 쳐다보고 있는 듯싶었다. 그 양은 우리보다, 아니 정확히 말하면 아빠보다는 겁을 덜 먹고 있었다.

"이런 천치! 양 따위에 쩔쩔매다니! 양처럼 순한 짐승이 어디 있다고."

아빠는 자기 최면을 거는 듯 혼자 투덜거리면서 한 걸음 한 걸음 아파트 안으로 발을 들여 놓았다. 그리고는 벽에 바짝 등을 붙인 채 더듬거리며 선글라스를 쓴 양의 곁을 지나갔다. 나도 아빠 뒤를 따라갔다. 양은 우리가 안중에도 없는 것 같았다.

우리는 어느덧 응접실 안에 들어와 있었다. 응접실에 붙은 문의 수만 해도 우리 아파트의 두 배는 넘을 것 같았다. 궂은 날 실내 스케이트를 타도 좋을 만큼 넓었다.

　그나저나 아까 그 목소리는 어느 문 뒤에서 들려 온 것일까? 집 안은 유령이라도 나올 것처럼 고요하기만 했다. 아빠와 나는 이 문에서 저 문으로 살금살금 옮겨 다니며 방을 하나씩 들여다보았다. 가구에 대해 아는 건 없지만 한눈에 봐도 고급 가구라는 것쯤은 알 수 있었다. 방들은 손님 맞을 채비를 해 놓은 듯 말끔하게 정돈되어 있었다. 하지만 어느 방에도 사람 그림자는 보이지 않았다. 그저 양 한 마리가 문가에 버티고 서서 우리 쪽을 건너다보고 있을 뿐.

　아빠를 비웃기는 했지만 나 역시 오싹한 느낌을 떨쳐 낼 수는 없었다. 혹시 모르는 사이 우리가 위험에 빠진 것은 아닐까? 늦기 전에 여길 빠져나가야 할지도…….

　미처 생각을 정리하기도 전에 웬 여자가 우리 앞에 불쑥 나타났다. 하늘에서 뚝 떨어졌는지, 어느 방에서 나왔는지 볼 새도 없이 응접실 안에 우뚝 서 있었다.

3. 아만다 X와 시스터 X

선글라스를 쓴 양은 여자를 보자 그쪽으로 다가가 섰다. 난 벌어진 입을 다물 수가 없었다. 할머니로 보이는 그 여자는 옆에 선 양과 빼다박은 듯이 똑같았다.

흰 머리칼이 듬성듬성 섞인, 마구 헝클어진 금발 머리는 오랫동안 깎지 않은 양털과 똑같았다. 성긴 털로 짠 목욕 가운의 벌어진 틈으로 드러난 가는 두 다리도 영락없는 양의 다리였다. 털 달린 슬리퍼까지 신고 있어서 더욱 비슷해 보였다. 하지만 뭐니뭐니해도 선글라스를 당할쏘냐! 그 여자와 양이 걸친 선글라스는 둘을 머리끝에서 발끝까지 똑같은 복제품처럼 보이게 만들었다.

아빠와 내가 그 광경에 익숙해지는 데는 시간이 한참 걸

렸다.

"아주머니가 아만다 X인가요?"

아빠가 물었다.

"네, 내가 아만다 X예요. 문에도 그렇게 씌어 있잖아요. 그리고 이쪽은 시스터 X."

그녀는 곁에 서 있는 양을 가리켰다.

"시만스키 형사죠? 저 아인 딸인가 보군요. 리카르다……맞죠? 술 좀 드시겠어요? 아몬드로 담갔는데."

"고맙지만 사양하겠습니다. 그런데 제 이름을 어떻게…… 아, 어쨌든 제 이름은 시만스키가 아니고 카민스키입니다!"

"아, 미안해요, 내가 착각했나 봐요."

"괜찮아요. 저도 아빠 이름이 카민스킨지 시만스킨지 헷갈릴 때가 많아요. 그런데 할머니, 우리가 누군지 어떻게 아세요?"

"그야, 식은 죽 먹기지. 최근에 이 도시로 딸을 하나 데리고 이사 온 홀아비들이 그리 많지는 않거든. 신문 광고에도 그렇게 썼잖니? 더구나 내가 일하게 될 집의 주인이 어떤 사람인지 수소문해 보는 건 기본이지."

"아주머니가 우리 집에서 일하게 될 거라고 누가 그랬죠?"

"여기서 이러지 말고 서재로 가서 이야기하는 게 어때

요? 술이나 차를 한 잔 들면서 얘길 마저 합시다.”

아만다 X는 가는 다리로 돌아서서 응접실 끝에 난 문으로 걸어갔다.

털북숭이 양은 아만다 X의 뒤에 졸졸 붙어 다녔다.

우리가 안내받은 곳은 책이 가득한 서재였다. 서재의 한 쪽 벽은 바닥에서 천장까지 유리벽이었고, 테라스로 통하는 문은 활짝 열려 있었다. 문 바깥에는 축구를 해도 될 만큼 넓은 잔디밭이 펼쳐져 있었는데, 잔디는 옆집 지붕 위까지 이어져 있었다.

“여긴 시스터 X의 집이에요.”

아만다 X가 팔을 활짝 쳐들어 보이면서 말했다.

“몇 년 전에 저 창고를 사들였을 때만 해도 여기 풍경이 말이 아니었답니다. 화가 치밀 정도였죠. 그 때 우연찮게도 시스터 X가 제 앞에 나타났어요. 지금은 시스터 X가 뛰어놀 잔디밭도 생기고 푸른 풀밭도 볼 수 있죠.”

“저게 그 창고인가 보죠?”

아빠가 지붕 위 잔디 끝에 있는 작은 집을 가리켰다.

“금방 알아보는군요. 맞아요. ‘마법의 은하계’야, 그렇지?”

시스터 X는 아만다 X의 말귀를 알아들은 듯 잔디밭으로 뛰어가더니 풀에다 코를 박고 갉아먹기 시작했다.

"왜 시스터(자매) X예요?"

아만다 X는 그걸 정말 모르겠냐는 듯 나를 바라보았다.

"시스터 X와는 우연히 함께 지내게 됐다만, 내가 저 양과 자매 같다는 생각이 들지 않니?"

"아뇨."

나는 거짓말을 했다.

"저, X는 무슨 뜻입니까?"

"X는 외계라는 뜻이에요. 시스터 X는 이 지구상의 양이 아니거든요. 게다가 나의 영매죠. 그래서 제 예명도 아만다 X랍니다."

"아하."

아빠는 침을 꿀꺽 삼켰다.

"그런데 왜 양이 선글라스를 쓰고 있어요?"

내가 물었다.

"눈이 매우 민감하거든. 그 눈 속에 초자연적인 힘이 숨어 있지."

"그럼 아주머니는요? 아주머니도 역시 초자연적인 힘이 있어서 선글라스를 썼나요?"

"아뇨, 난 어제 저녁에 아몬드 술을 너무 많이 마셔서 그래요. 그나저나 이리 와서 좀 앉아요. 차를 내올게요. 옷도 갈아입어야겠어요. 목욕 가운 입은 내 모습이 좀 우스꽝스럽죠?"

아만다 X는 방에서 미끄러지듯이 나갔다.

"시스터 X는 이 지구상의 양이 아니거든요. 저 할망구 머리가 어떻게 됐나 보다."

아빠가 아만다 X를 흉내내며 이죽거렸다.

"뭘요, 난 좋기만 한데. 다른 사람들처럼 재미없고 지루하지도 않잖아요."

잠시 후 아만다 X가 다시 모습을 나타냈다. 눈 깜짝할 사이에 옷을 갈아입고 찻주전자, 찻잔, 유리잔 그리고 아몬드 술 한 병이 담긴 쟁반까지 들고 온 것이다. 아만다 X는 탁자 위에 쟁반을 내려놓고는 건너편 소파로 가서 털썩 주저앉았다.

"직접 따라 마셔 봐요."

아빠에게 술을 권하면서 아만다 X는 아몬드 술 한 잔을 들어 아주 만족스런 듯이 마셨다.

"정말 파출부 일을 하고 싶으세요?"

"물론이지요. 그러니까 편지도 쓰고 초대도 했겠지요. 내 집을 본 소감이 어때요?"

"멋져요. 진짜 끝내 줘요!"

"암, 그렇다마다!"

아만다 X가 기뻐했다.

"하지만 하루 종일 일해야 할 텐데요."

아빠가 말했다.

"그런 건 고민거리도 안 된다우."

"쉬는 날도 일 주일에 토요일 딱 하루밖에 없을 거구요."

"하루씩이나!"

아만다 X가 소리쳤다.

"환상적이군요. 쉬는 날엔 고객들과 상담도 할 수 있겠는 걸요. 안 그래도 걱정하고 있었거든요. 고객들에게 앞으로는 못 만난다는 말을 전해야 되는 게 아닌가 하고."

"고객들이라니요?"

아빠가 물었다.

"간판 못 봤수? 나는 초자연적인 현상에 시달리는 사람들을 도와준답니다."

"아까 올라오다가 만난 남자도 할머니 고객인가 봐요?"

"그를 만났구나! 수학 선생인데, 자기 몸 속에 죽은 카나리아의 영혼이 들어왔다고 믿고 있단다."

나는 아빠의 시선이 내 쪽으로 향하는 것을 느꼈다. 아빠가 어떤 표정을 짓고 있을지 안 봐도 훤했다. 나는 짐짓 모르는 척하며 아만다 X에게 물었다.

"그래서요? 할머니가 그 남자를 도와줄 수 있어요?"

"글쎄다. 증상이 처음 나타났을 때 바로 찾아왔더라면 더 좋았을 텐데."

"어떤 증상인데요?"

아빠가 물었다.

"콘플레이크를 먹을 때 요오드 S11 알갱이를 곁들여야만 맛이 나는 증상이죠."

"정말 저희 집 파출부로 일하실 생각입니까? 사실 저흰 돈을 넉넉히 드릴 형편이 못 돼요."

"300마르크면 될 거라고 생각했는데."

"일 주일에 300마르크요?"

"아뇨, 한 달에."

"그렇게 적게요?"

그 순간, 나는 그렇게 말한 나 자신에게 너무 화가 났다. 어쩜 이렇게 서투를까! 그러나 아만다 X는 돈은 문제가 아니라고 말했다.

"그럼 이제 우린 합의가 된 건가요?"

나는 아빠를 바라보았고, 아빠는 나를 바라보았다.

"잠시 나가 있을 테니 잘 상의해 봐요."

아만다 X가 방에서 나가자마자 내가 말했다.

"나는 저 할머니만한 사람이 없다고 생각해요."

그러나 아빠는 별로 내켜하지 않았다.

"모르겠다, 나는. 어딘지 나사 하나가 풀린 것 같지 않냐?"

"좀 비정상이긴 해요. 하지만 여길 보세요. 먼지 하나 없잖아요. 또 어디서 이렇게 값싼 파출부를 구하겠어요?"

"하긴. 여기서 더 나빠지려고."

그 순간 우리말을 엿듣고 있기라도 한 듯 아만다 X가 들어왔다.

"날 고용한 거죠? 좋아요! 내일 아침 일곱 시 반에 아파트로 가지요. 댁만 괜찮다면."

아빠는 일어서서 아만다 X에게 악수를 청했다.

"잘해 봅시다."

"후회 없는 탁월한 선택이죠!"

아만다 X는 이렇게 말하고는 나한테 윙크를 했다.

"꼬마곰 젤리 있나?"

아빠는 차에 타자마자 꼬마곰 젤리를 찾았다. 나는 아빠에게 젤리 몇 개를 건네 주며 말했다.

"예감이 좋아요. 뭐니뭐니해도 재미있잖아요."

아빠는 내가 준 꼬마곰 젤리를 한꺼번에 입 속으로 털어넣었다.

"솔직히 속이 시원하긴 해. 적어도 파출부 걱정에선 해방이니까."

"그럼 또 다른 걱정거리가 있는 거예요? 혹시 직장 일?"

아빠는 어깨를 움츠렸다.

"달리 뭐가 있겠니? 오늘 사건 하나를 떠맡았어. 첫 번째 임무지."

"우와, 그럼 축하할 일이잖아요!"

"문제는 말야, 파우어 형사는 너와 생각이 다르다는 거야. 그 전엔 혼자서 그 사건을 수사했는데, 이젠 나와 함께 호흡을 맞춰야 되거든. 내 제안은 들은 척도 안 해."

"무슨 사건인데요?"

"불법 도박. 따지고 보면 그리 대단한 사건은 아니야. 몇몇 술집이 뒷방에서 큰 돈을 걸고 포커판을 벌이는 거지."

다음 날 아침 나는 다른 때보다 일찍 눈을 떴다. 지난 몇 주 동안 어질러 놓아서 뒤죽박죽된 것만이라도 치워 놓고 싶었다. 아빠는 이미 출근하고 없었다. 차라리 그게 나았다. 그래야 치울 것은 치우면서 조용히 일할 수 있으니까. 내가 막 청소기를 돌리고 있을 때였다. 창문 밖에서 우지끈 쿵쾅거리며 낡은 트랙터가 지나가는 듯한 소리가 났다. 순간 머릿속에 반짝 하고 스치는 것이 있었다. 아만다 X!

단숨에 창가로 달려가 보니 생각대로였다. 아만다 X는 사이드 카가 달린 낡은 오토바이 위에 앉아 외투를 나부끼며 달리고 있었다. 외투는 발목까지 내려왔고 머리엔 가죽 헬멧을 쓰고 있었다. 아만다 X는 거리에서 몇 바퀴 맴돌더니 우리 집 건물 앞에 오토바이를 세웠다.

나는 입구까지 뛰어 내려갔다. 아만다 X를 직접 마중하고 싶었다.

문을 열자 벌써 아만다 X가 현관 앞에 우뚝 서 있었다. 팔엔 검은 털뭉치가 들려 있었는데, 그것은 커다란 소리로 코를 골고 있었다.

"페넬로페란다. 내 고양이야. 가짜 영매인데, 온종일 잠만 잔단다. 혼자 내버려 두면 굶어 죽을까 봐 데려왔지. 밥 먹는 시간에도 잠만 자거든. 시스터 X는 집에다 두고 왔어. 그 녀석은 나 없이도 잘 지내지."

천만다행이었다. 그 양이 우리 집까지 와서 응접실 양탄자를 갉아먹는다면 기분이 좋지 않을 테니까. 나는 길가에 서 있는 괴물처럼 생긴 오토바이를 가리켰다.

"할머니 오토바이예요?"

"그래!"

아만다 X의 얼굴 가득히 미소가 퍼져 나갔다.

"진짜 환상적이지, 안 그래? 저건 할리 데이비슨 오토바이란다. 1948년식으로 사이드 카가 달린 거지."

"그렇군요."

아만다 X는 손을 비벼 댔다.

"자, 그럼 슬슬 집을 둘러볼까?"

아만다 X는 내 옆을 지나쳐 성큼성큼 계단을 걸어 올라갔다. 나도 할머니의 뒤를 쫓았다.

"가짜 영매라뇨? 저 고양이가 가짜 영매예요? 왜요? 알고 싶어요."

"사람들은 내가 검은 고양이를 키웠으면 한단다."

아만다 X는 호기심에 차서 아파트 안을 이리저리 기웃거리며 말했다.

"그러니 사람들이 바라는 대로 해 줄밖에. 고양이를 앞에 내놓고 영매로 부리는 것처럼 믿게 해 주는 거야. 하지만 너도 알다시피 진짜 영매는 시스터 X지. 가끔 페넬로페 때문에 골치야. 상담할 때 옆에서 코를 골거든."

"왜 페넬로페라고 지으셨어요? 그건 여자 이름이잖아요."

"멋진 이름 아니니? 페넬로페도 자기를 뭐라고 부르든 상관 안 할 거다. 이왕 이름 얘기가 나왔으니까 말인데, 날 그냥 아만다 아줌마라고 부르렴. 이제는 한 가족이잖니."

아만다 X는 코를 골고 있는 페넬로페를 부엌 바닥에 내려놓고는 두 주먹을 허리 위에 걸쳤다.

"보아하니 내가 할 일이 아주 많은 것 같구나."

"너무 많은가요?"

나는 조심스럽게 물어 보았다.

“아니, 아니. 누가 벌써 정돈을 좀 해 두긴 했네.”

“그럼 전 더 이상 방해 안 할게요. 학교에 가야 하거든요.”

“아침으로 학교에 뭘 싸갈지는 생각해 놓았니?”

“그럼요!”

나는 재빨리 대답하고는 아침 메뉴가 뭐냐고 묻기 전에 점퍼와 캡을 움켜쥐고 달려나갔다.

정류장에 도착해 보니 버스에 타고 있던 작은꽃이 자리를 맡아 놓고 눈짓을 했다. 나는 작은꽃 곁에 가 앉았다. 꽤 오래 전부터 아침마다 이렇게 버스를 타고 다녔던 것 같은 느낌이 들었다. 그 애는 꼬마곰 젤리 봉지를 내 코밑으로 들이밀었다.

“먹을래?”

나는 열린 봉지를 빤히 쳐다보며 입을 뗐다.

“내가 꼬마곰 젤리 좋아하는 거 어떻게 알았어?”

“몰랐는데. 너도 좋아하니?”

“당연하지! 둘이 먹다 하나가 죽어도 모를 정도잖아!”

우리 둘은 정신없이 꼬마곰 젤리를 먹어치웠다. 봉지가 바닥을 드러낼 때쯤 나는 아만다 X에 대해 얘기하기 시작했다. 내 얘기를 듣는 동안 작은꽃의 눈망울이 점점 더 커졌다.

"정말 그 수학 선생이라는 남자가 새가 지저귀는 것처럼 소리를 냈단 말야? 그리고 그 털북숭이 양은 온종일 선글라스를 쓰고 있다고?"

너무 크게 소리를 지르는 바람에 앞쪽에 앉아 있던 사람들이 놀라서 뒤를 돌아보았다.

"글쎄 그렇다니까. 맹세할 수 있어."

나는 오른손을 번쩍 들어올렸다.

"진짜 궁금하다."

"그럼 학교 끝나고 우리 집에 갈래?"

"안 돼."

작은꽃이 정색하며 말했다.

"오늘은 안 돼. 다음엔 몰라도."

"그럼 내가 너네 집에 놀러 갈까?"

"아니, 미안하지만 오늘은 어디 가야 해."

작은꽃은 거짓말을 하고 있었다. 내가 싫어서는 아닌 것 같고 분명 다른 이유가 있었다. 난 더 이상 캐묻거나 조르지 않았다. 도대체 작은꽃의 비밀은 무엇일까?

언젠가는 털어놓겠지. 분명히 그러리라고 나는 믿었다.

4. 반갑지 않은 손님

집에 돌아가면 틀림없이 아만다 X가 화난 얼굴로 투덜대면서 청소하고 있을 게 분명했다. 그러나 예상은 빗나갔다. 아만다 X는 거실 소파에 앉아 혼자서 카드놀이를 즐기고 있었다. 그 곁엔 페넬로페가 누워서 코를 골고 있었다.

집 안은 몰라볼 정도로 반짝반짝 빛이 났다. 부엌에서 흘러나오는 향기로운 음식 냄새가 코끝으로 풍겨 왔다. 어느 틈에 이걸 다 끝냈을까? 어쩌면 아만다 X는 평생 아파트 청소만 전문적으로 했거나 요술쟁이가 분명하다.

"식사 때 맞춰 잘 왔구나!"

아만다 X가 환하게 나를 맞았다. 나는 어안이벙벙해서 집 안을 돌아보며 물었다.

"어떻게 다 하신 거예요?"

"별로 어려울 건 없었어. 집 안이 좀 어질러져 있긴 했지
만 말야."

아만다 X는 나를 부엌으로 데려갔다. 식사를 하는 내내
아만다 X는 내가 정신없이 음식을 입 속에 퍼 넣는 걸 바
라보며 미소를 지었다. 난 음식이 목구멍까지 차서야 수저
를 내려 놓고 두 손을 배 위에 털썩 얹었다.

"맛있었니?"

나는 고개만 끄덕였다. 말을 할 수가 없을 정도로 배가
불렀다.

아만다 X는 내 쪽으로 약간 몸을 숙였다.

"그 여자 친구는 어떻게 지내니?"

"여자 친구라뇨? 어떻게 알아요?"

내가 깜짝 놀라자 아만다 X는 머리로 거실 쪽을 가리켰다.

"내 카드로."

"카드에 그게 나와요?"

"아주 정확한 건 아냐. 하지만, 너에게 오늘 좋은 만남이
있다고 나오던걸. 여자 친구일 거라고 짐작했는데, 혹시 남
자 친구니?"

"아뇨, 여자 친구예요."

나는 얼굴을 붉히지 않으려고 애썼다.

"율리아 볼프라고 하는데, 모두가 작은꽃이라고 불러요. 그 애는 나를 리키라고 하고요. 할머니도 리키라고 불러도 돼요."

"리키와 작은꽃. 예쁘구나. 마음에 들어."

아만다 X는 미소를 지었다. 그러더니 곧 다시 진지한 얼굴로 말했다.

"하지만 너희 둘의 우정에는 뭔가 그늘이 져 있더구나. 아직 심각한 것은 아니지만."

도저히 믿어지지가 않았다. 나는 작은꽃의 이상한 태도에 대해 아만다 X에게 털어놓을지 말지 망설였다. 사실 그건 아만다 X와는 아무 상관 없는 일이었다. 하지만 아만다 X 앞에선 아무것도 감출 수 없을 것 같았다. 그리고 왠지 모르게 믿음이 갔다.

"별뜻이 있어서 그러는 건 아닐 거야."

작은꽃에 대해 다 듣고 난 뒤 아만다 X가 말했다.

"어쩌면 네 아빠가 형사라서 그렇겠지."

"그게 뭐 어때서요?"

"너는 형사라는 직업을 아주 평범하게 생각할 거야. 어려서부터 익숙한 직업일 테니까. 하지만 작은꽃에겐 그렇지 않을 수도 있지. 텔레비전에서 해 주는 범죄 영화 때문인지는 몰라도, 그것 때문에 너네 집에 놀러 오길 꺼리는 것 같다."

나는 아만다 X의 말이 맞기를 바랐다. 하지만 뭔가 개운치 않았다. 설거지를 돕겠다고 했지만 아만다 X는 거절했다. 그래서 난 착한 학생이 되어야겠다고 결심하고 책상에 앉아 숙제를 했다. 숙제를 끝내고 나니 나 자신이 기특해서 내 어깨를 두드리고 주물러 주었다. 그 다음엔 페넬로페를 데리고 놀고 싶어졌다. 하지만 페넬로페는 잠에서 깰 생각을 하지 않았다. 코만 고는 고양이를 안고 돌아다니는 것은 그리 재미있는 일이 아니었다.

결국 난 전화번호부를 뒤져 작은꽃의 전화번호를 찾았다. 막 전화를 걸까 생각하고 있던 참에 전화벨이 울렸다. 아빠였다.

"그래, 우리 요정 할머니는 어떻게 하고 계시니?"

"못 믿으실걸요! 집도 아주 깔끔해졌고요, 음식 솜씨도 짱이에요!"

"그거 기쁘구나."

하지만 아빠의 목소리는 전혀 그렇게 들리지 않았다.

"좀 귀찮은 일이 생겼다. 파우어 형사와 릴리 라살 형사가 오늘 저녁에 우리 집으로 식사를 하러 오겠다는구나. 할머니한테 미안하지만 뭐 좀 만들어 줬으면 한다고 전해 줄래?"

"설마 아빠가 초대한 건 아니죠?"

아빠의 한숨 소리가 바로 옆에서 들려 오는 것만 같았다.

"그 사람들이 나서서 우리 집에 오겠다더구나. 우리가 어떻게 사는지 궁금한 모양이야."

나는 '안 된다'는 말을 절대 하지 못하는 아빠가 원망스러웠다.

"할머니한테 물어 볼게요."

아빠가 자책하는 것 같아 나는 그렇게만 대답하고는 더 이상 뭐라고 덧붙이지 않았다.

"만약 할머니가 안 되겠다고 하면, 피자를 배달시킬게요."

"그것 좋지. 고맙다!"

아만다 X는 내 부탁을 순순히 들어 주었고 시스터 X를 돌보러 잠깐 집에 다녀오겠다고 말했다. 하지만 손님들이 집 안으로 들이닥쳤을 때도 아만다 X는 돌아오지 않았다.

아빠는 방으로 들어서자마자 발 밑에 누워 있는 페넬로페에 걸려 하마터면 넘어질 뻔했다.

페넬로페는 잠만 잘 테니 방해가 안 될 거라며 아만다 X가 우리 집에 그냥 두고 간 것이다.

"이게 뭐냐?"

"페넬로페예요. 아만다 할머니가 데려온 고양이에요."

나는 될 수 있는 대로 조용히 말했다. 쓸데없이 아빠를 화나게 하고 싶지 않았다.

"아만다 할머니가 누구죠?"

파우어 형사 곁에 서 있던 젊은 여자가 물었다. 릴리 라살 형사였다.

파우어 형사는 전에 본 적이 있었지만 그 여자는 처음이었다. 세련돼 보이긴 했지만 아만다 할머니가 누구냐고 묻는 목소리가 이상하리만치 날카로웠다. 설마 아만다 X한테 질투를 느끼는 걸까?

"집안 일을 봐 주는 파출부인데, 굉장히 괴짭니다. 곧 만나게 될 거예요."

릴리 라살 형사의 표정에서 긴장이 사라졌다. 내 예감이 적중했다. 나는 라살 형사를 자세히 관찰해야겠다고 마음먹었다. 그리고 그녀가 내게 손을 내밀며 나를 유심히 훑어보았을 때 난 단번에 깨달았다.

'안 돼! 이 여잘 엄마라고 부를 순 없어. 이 여자가 아빠한테 관심이 있는 건 있는 거고 나한테 좋은 기회가 아닌 건 아닌 거야. 저 눈빛이라니! 우리 집에 들어오는 즉시 어떻게든 날 치워 버리려고 안간힘을 쓰겠지. 일 주일에 한 번씩은 방구석에 세워 놓고 벌을 줄 게 뻔해.'

파우어 형사는 악수 대신 정중하게 고개를 숙여 인사했

반갑지 않은 손님 57

다. 미소를 짓고는 있었지만 내 눈을 속일 수는 없었다. 그러기에는 아빠가 파우어 형사에 대해 너무 많은 것을 얘기해 줬으니까.

"식사는?"

"아직이요, 하지만 곧 될 거예요. 우선 모두 거실에 가 계세요. 준비되면 부를게요."

나는 거짓말을 했다. 파우어 형사와 릴리 라살 형사는 아빠를 따라 현관을 거쳐 거실 쪽으로 걸어갔다. 그들은 레이더 안테나처럼 이리저리 머리를 돌리며 집 안을 탐색했다. 아빠의 말이 맞았다. 그들은 우리 집이 궁금했던 것이다. 아마도 라살 형사는 지금 나를 어디에 세워 놓고 벌을 주면 좋을지 적당한 장소를 물색하는지도 모른다. 하필이면 방문들을 닫아 두는 걸 깜빡하고 말다니. 아만다 X가 청소를 하지 않았더라면 문을 열어 두는 것은 상상조차 할 수 없었을 텐데.

하지만 그런 건 아빠에게 전혀 신경쓸 거리도 안 되는 모양이었다. 아빠는 소위 직장 '상사들'이 찾아와 줘서 신경이 예민해져 있었다.

'도대체 할머니는 어떻게 된 거지? 우리를 골탕먹이려는 건가?'

라살 형사와 파우어 형사가 배가 고프건 말건 그건 상관

없었고, 나는 아빠 때문에 속이 탔다. 아빠는 몇 번이고 내게 배가 고프다는 신호를 보내 왔다.

빵에다 버터라도 발라서 가져가야 하나? 아니면 피자를 주문할까? 그 때였다. 오토바이가 털털거리며 다가오는 소리가 들렸다. 난 한달음에 달려나가 문을 열었다.

"짜잔! 내가 왔단다."

'맙소사! 시스터 X를 데리고 왔잖아.'

아만다 X는 손쓸 틈도 없이 양을 데리고 태연하게 거실로 들어왔고, 손님들 앞에 버젓이 가서 섰다.

"대체 뭐예요?"

릴리 라살 형사가 소리를 질렀다.

"파출부예요. 아만다 X 부인이지요. 그리고 이 녀석은 아주머니의…… 양이고요."

아빠는 그렇게 말하고는 소파에 털썩 주저앉았다.

"대단한 동물 애호가를 파출부로 뒀군."

파우어 형사가 과장되게 입을 크게 벌리며 빈정거렸다.

"시스터 X는 방해하지 않을 거예요. 발코니에 데려다 놓을 거니까요. 마른 풀 한 움큼과 물 한 그릇이면 돼요. 더 이상은 필요없죠. 그렇지, '마법의 은하계'야?"

"하지만 우리 집엔 마른 풀이 없는데요!"

아빠가 아만다 X를 뚫어지게 쳐다보면서 말했다.

"걱정 말아요. 내가 가져왔으니까."

"그럼 우리 식사는요? 우리 식사는 어떻게 됐죠?"

아빠가 입술을 떨며 말했다.

"내가 아끼는 부비 위에다 놓고 왔어요. 금방 가져올게
요."

아빠가 벌떡 일어났다.

"부비요?"

내가 황급히 아만다 X 곁에 가서 섰다.

"할머니 오토바이 이름이에요. 화내지 말아요, 아빠."

나는 아빠가 이성을 잃기 전에 재빨리 시스터 X를 발코
니로 데리고 나갔다.

"헌데, 저 양이 왜 선글라스를 쓰고 있지요?"

파우어 형사가 궁금한 듯이 물었다.

"아 그거요, 그러니까 내 시스터 X는……."

아만다 X는 친절하게 설명을 늘어놓으려 했다.

"눈이 아파요!"

나는 이렇게 외치고 아만다 X를 끌고 거실에서 나왔다.

내가 아빠와 손님들과 함께 식탁에 가 앉았을 때에도 아
빠의 손은 약간 떨리고 있었다. 그러나 음식을 한 가지씩
씹어 넘길 때마다 아빠의 얼굴 표정은 점점 밝아졌다. 점심

식사도 특급이었지만 저녁에 먹은 요리는 꿈 속에서나 맛볼 수 있는 최고의 맛이었다. 계속 이렇게 나가다가는 몸에 붙은 살을 빼내기 위해 병원 수술대로 실려 가는 신세가 될지도 모를 일이었다.

라살 형사와 파우어 형사도 아만다 X의 요리 솜씨에 대해서는 최고의 찬사를 아끼지 않았다.

저녁 식사가 끝나자 나는 설거지를 하러 아만다 X와 함께 부엌으로 들어갔다. 우리들은 라살 형사와 파우어 형사에 대해 신나게 험담을 늘어놓고 있었다. 그런데 갑자기 거실에서 다투는 소리가 들려 왔다. 아빠와 손님들 사이에 논쟁이 벌어진 게 분명했다. 나는 발꿈치를 들고 살금살금 거실 문으로 걸어가 문에 몸을 기대고 엿들었다.

"여보게, 난 범죄 소탕에 대해 자네가 갖고 있는 견해를 이해할 수 없어."

파우어 형사의 목소리였다. 특별할 게 없는 말이었지만 그의 말투는 등골을 오싹하게 만들었다. 문득 나는 아빠가 왜 직장 사람들과 의견이 맞지 않는지 대충 짐작할 수 있었다.

"내 말은 수단 방법을 가리지 않고 닥치는 대로 쓰지는 말자는 겁니다!"

파우어 형사와 맞서고는 있어도 아빠의 목소리는 벌써부터 떨리고 있었다. 파우어란 사람은 아빠를 불안하게 만드는 데는 도사인 것 같았다.

"뭐라고! 불법 도박 퇴치 작전은 상부의 명령이란 말일세. 위선에선 우리가 단호한 조치를 취해 주길 기다리고 있어."

파우어 형사가 아빠에게 호통을 쳤다.

"하지만 '황금 닻'이라는 술집에서 정말 불법 도박을 하고 있는지는 확실히 모르지 않습니까? 모든 게 추측일 뿐이죠."

"추측만으로도 충분해. 우리는 경찰이지 구세군이 아니란 말이야!"

"선배님은 정말 도박 퇴치가 중요한 겁니까, 아니면 진급에 더 신경이 쓰이는 겁니까?"

'그거예요! 그렇게 한 방 먹이라구요, 아빠!'

"제 생각도 그래요. 충분한 혐의를 둘 수 없는데 무조건 단호한 조치를 취할 수는 없다고 생각해요."

릴리 라살 형사가 끼여들어 아빠 편을 들었다. 속이 훤히 들여다보이는 말이었다. 파우어 형사는 곧바로 라살 형사에게 화살을 돌렸다.

"섣불리 판단하기 전에 좀더 경험을 쌓고 오는 게 좋을 거야, 풋내기. 여기서 이렇게 말다툼한들 아무 의미가 없는 것 같군. 가야겠어."

나는 파우어 형사와 마주치기 전에 부엌 쪽으로 몸을 돌리다가 하마터면 아만다 X를 밀어 넘어뜨릴 뻔했다.

아만다 X는 소스라치게 놀라며 한 손을 가슴에 얹었다.

"대체 뭐 하는 거니?"

"할머니, 미안하지만 부탁 하나만 들어 줄래요? 저 분들한테 제가 잠들었다고 전해 주세요."

"비위에 거슬리는 그 할머니라는 말만 뺀다면 들어 주마. 나를 아만다 X라고 부르라고 했잖니?"

현관을 지나 방으로 향하는 내 등 뒤에 대고 아만다 X가 소리쳤다. 방에 들어가서도 나는 밖에서 무슨 일이 벌어지는지 엿듣기 위해 문에 바짝 다가섰다. 아만다 X는 내 부탁대로 그들에게 얘기를 전해 주었다. 평상시처럼 작별 인사를 나누고 나서 파우어 형사와 릴리 라살 형사는 우리 집에서 모습을 감추었다.

"도대체 무슨 일로 다툰 거예요?"

나는 아만다 X까지 돌아가고 나서야 아빠한테 물어 보았다.

"다투긴 누가. 의논한 거였어. 우린 늘 그런 식이지. 파우어 형사와 또 의견이 엇갈렸던 것뿐이야. 언제나처럼."

"무슨 일로요?"

"아, 대수롭지 않은 거야. 이제 자야겠다. 너도 그만 자렴."

나는 아빠가 고개를 푹 떨구고 발을 천천히 끌면서 아빠 방으로 들어가는 것을 바라보았다. 이따금 나는 이런 생각이 들었다. 만약 아빠가 다른 직업을 가졌더라면 훨씬 더 행복하지 않았을까.

다음 날 아침까지 난 아빠 걱정을 하며 끙끙 앓고 있었는데 그게 표시가 났던지 버스에 타자마자 작은꽃이 물었다.

"얼굴이 왜 그래? 화났니?"

나는 깜짝 놀랐다.

"내가 그렇게 보여? 아냐, 화가 난 게 아니라 아빠 때문에 걱정스러워서. 아빠는 이번 사건을 신중하게 다루려고 하는데, 아빠랑 함께 일하는 사람이 자꾸 세게 밀어붙이나 봐. 아빠가 왜 늘 직장 일로 힘들어하는지 잘 모르겠어."

"도대체 무슨 사건인데?"

나는 작은꽃이 간신히 물어 보고 있다는 인상을 받았다.

"불법 도박이래. 어떤 술집에서 몰래 불법 포커 도박을 한대."

순간 작은꽃의 몸이 움찔했다. 확실히 내 눈에는 그렇게 보였다.

"술집? 어떤 술집?"

"'황금 거위'라던가 '황금 닻'이라던가, 그 비슷한 이름이야. 그런데 왜?"

작은꽃은 내게서 등을 돌려 창 밖을 내다보았다.

"아냐, 아무것도."

학교에 도착할 때까지도 작은꽃은 아무 말도 하지 않았다. 학교 운동장에서도 마찬가지였다.

내가 말을 걸어도 거의 아무런 대꾸를 하지 않았다. 쉬는 시간에도 그렇고 오전 수업이 다 끝날 때까지도 작은꽃은 입도 벙긋하지 않았다. 두 번째 쉬는 시간이 되었을 때 나는 결심했다. 무슨 일이 있는지 알아 내야겠다고.

5. 작은꽃의 비밀

　새로 전학 온 학교는 확실히 좋은 곳이었다. 교장 선생님은 매점에서 몇 가지 먹을 것들을 팔 수 있게 했다. 그 가운데에는 꼬마곰 젤리도 있었다. 나는 두 봉지를 사서 작은꽃에게 한 봉지를 건네 주고 사람들 눈에 안 띄게 운동장 한 구석으로 작은꽃을 데리고 갔다.

　"왜 그래? 왜 여기까지 끌고 오는 거야? 젤리는 또 뭐니?"

　"대답해 줄래? 나 친구 맞니?"

　엉뚱한 질문에 작은꽃은 당황했는지 눈을 커다랗게 뜨고 나를 바라보았다. 나였더라도 그런 표정을 지을 수밖에 없었을 거다.

　"그래, 친구라고 생각해."

작은꽃이 약간 머뭇거리며 대답했다.

"좋아, 그렇다면 잘 들어. 난 친구에게 바라는 게 하나 있어. 무슨 문제가 생겼을 때 내게 털어놓는 것. 그래야 도울 수 있잖아. 넌 지금 고민이 있는 게 분명해. 아니라고는 말 못 할 거야. 더구나 난 그게 우리 아빠와 관계가 있다는 생각이 들어. 자, 이제 털어놔 줄래?"

가슴이 마구 콩닥거렸다. 지금 이 순간부터 우리가 진짜 친구가 되든지 아니면 끝장이었다. 작은꽃은 믿을 수 없다는 듯이 나를 쳐다보았다. 그러더니 입술을 실룩거리며 젤리를 내 손에 쥐어 주고는 화장실 쪽으로 달려갔다. 작은꽃 눈에 눈물이 글썽거리고 있었다. 나는 건물 벽에 등을 기대고 섰다.

"넌 바보야, 리카르다 카민스키. 이 바보, 맹추, 천하의 멍텅구리!"

아무리 스스로 구박을 한들 엎지른 물은 주워 담을 수 없었다. 수업 종이 울렸지만 난 되도록이면 아주 늦게 교실로 들어가기 위해 천천히 걸었다.

작은꽃은 자기 자리에 앉아 있었다. 그 애는 애써 나를 피하고 있었다. 울어서 눈이 빨갰다. 나는 작은꽃 곁에 가 앉았다. 이렇게 우울한 날이 있다니. 남은 수업이 한 시간뿐이라는 게 그나마 다행이었다. 만약 수업이 더 남아 있었더라면 견디기 힘들었을 것이다.

　종이 울리자마자 작은꽃은 교실 밖으로 사라졌다. 나도 가방을 쌌다. 그게 전부였다. 이틀 동안 친구 한 명이 있었고, 방금 끝나 버렸다.

　그런데 학교 문 앞에 서 있는 건 작은꽃?! 이대로 돌아갈까 하는 생각마저 들었다. 작은꽃은 팔짱을 끼고 벽에 기대어 서서 내 쪽을 바라보고 있었다. 나를 기다리고 있었나? 나는 천천히 한 걸음씩 내디디면서 그 애를 뚫어지게 바라보았다. 그 애 역시 내게서 시선을 떼지 않았다. 그 애의 얼굴엔 아무 표정이 없었다. 이제 한 발짝만 더 가면 그 애 앞이다. 난 멈춰 서서 작은꽃의 눈을 바라보았다. 내가 지금까지 살아온 시간 중 가장 긴 순간이었다.

　"할 얘기가 있어."

　작은꽃이 마침내 입을 뗐다.

　"하느님!"

　"왜?"

　"난…… 우리 사이가 끝장났다고 생각했거든."

　작은꽃은 깊이 숨을 들이쉬었다.

　"솔직히 말하면 거의 끝장날 뻔했어. 하지만 곧 잘못한 건 나라는 생각이 들었어."

"아니야. 내 잘못이야."

"아무튼 교실로 들어가자."

"왜?"

작은꽃은 씨익 웃어 보였다.

"거긴 아무 방해 없이 얘기할 수 있는 유일한 장소거든."

"너 아직도 꼬마곰 젤리 갖고 있니?"

자리에 앉자마자 작은꽃이 물었다.

나는 가방 속에서 봉지를 꺼내 작은꽃에게 건넸다. 젤리
는 아만다 X가 만들어 준 저녁보다 훨씬 맛있었다.

"사실 너희 아빠와는 아무 상관 없어. 우리 엄마 때문이
야. 엄마가 일하는 곳이 바로 '황금 닻'이거든."

"설마?"

"나도 오늘 아침까진 설마 했어. 하지만 사실이야."

"거기서 뭘 하시는데?"

"서빙."

"정말 그 곳에서 도박이 벌어진대?"

작은꽃은 어깨를 움찔했다.

"몰라, 엄마한테 한두 번 들은 적은 있지만 엄마도 자세
히는 몰라. 엄마는 거기서 일하는 걸 별로 좋아하지 않거
든. 술집 주인하고 손님들이 마음에 안 든대."

"그럼 왜 딴 직장을 구하시지 않니?"

작은꽃은 크게 웃었다.

"그야 딴 직업을 못 구하니까 그렇지. 엄마는 원래 서커스단의 줄타기 곡예사였어. 하지만 사고를 당한 후 줄타는 게 무서워졌대. 크게 다치진 않았지만 겁이 나기 시작한 거야. 그러면 줄타는 일은 더 이상 할 수 없다나 봐."

나는 이해할 수 있었다.

"서커스단에 남아 있기 힘들었겠구나."

"아니. 서커스단에 일감은 얼마든지 있었대. 모두 한 가족 같아서 막무가내로 사람을 해고하는 일도 없고. 엄마는 처음에 어릿광대를 돕는 일을 맡았대. 좋은 사람이었는데 그가 하는 분장이 늘 골치였나 봐. 엄마 말로는, 그 사람이 분장을 하고 나면 정말 프랑켄슈타인처럼 끔찍해 보였다는 거야. 보다 못해 엄마가 대신 분장을 해 주었는데, 그 다음부터 모든 광대들이 엄마에게 분장을 받겠다고 달려들었다지 뭐야. 결국 엄마는 광대들에게 특별 분장을 해 주었대. 그 때 분장한 광대들이 서커스단의 정식 마스코트가 되기도 했어."

"그럼 왜 그만두셨어?"

"아빠가 우릴 두고 서커스단을 떠나 버렸거든. 엄마는 서커스단에 머무르고 싶지가 않았대. 게다가 할아버지도

돌봐 드려야 했고 말야. 그래서 분장사로 극단에 취직하려
고 애썼는데 허사였던 거지. 자격증이 없어서 번번이 퇴짜
만 맞았다는 거야. 결국 술집에서 서빙을 하게 됐어. 지난
번에 일했던 술집은 괜찮았는데, 일 년 전에 문을 닫았어.
그 뒤로 '황금 닻'에서 일하게 된 거야."

"너네 엄마가 불법 도박과 아무 상관이 없다면 뭘 겁내
니? 너네 엄마한테는 아무 일도 없을 거야."

작은꽃은 나를 바라보았다.

"뭘 믿고 확신하니? 만약 그 술집에 나쁜 일이 생기면 우
리 엄마가 아무것도 몰랐다고 백 퍼센트 증명할 수 있을까?
그러기는 힘들 거야."

"너, 그래서 너네 가족에 대해 입 꼭 다물고 있었던 거
니?"

작은꽃은 땅바닥을 내려다보았다.

"꼭 그래서는 아니고 약간은 창피하기도 했어. 우리는 돈
도 별로 없고 아파트도 코딱지만해. 동네도 후졌어. 파출부
가 웬말이니. 할아버지가 집안 일을 다 하시는걸. 물론 할
아버지는 집에서 청소하기보다는 권투 클럽에 나가 친구
들과 함께 있기를 더 좋아하시지만."

"너한테 권투를 가르쳐 준 사람이 할아버지구나! 뭘 그
런 걸 창피해하니? 우리 집도 알고 보면 호화 아파트가 아

냐. 게다가 우리가 파출부를 쓰는 건 별로 비싸지 않기 때
문이야.”

“위로하려고 하는 말이라는 거 다 알아, 뭐.”

작은꽃은 나직하게 말했다.

“알았어, 알았어. 오늘 우리 집에 갈래? 내가 성에서 떵
떵거리며 손가락 하나로 하인들을 움직이는 공주가 아니
란 걸 알게 될 거야.”

작은꽃은 마지막 남은 젤리를 꺼낸 다음 봉지를 꾸깃꾸
깃 뭉치더니 농구를 하듯 쓰레기통에 던져 넣었다.

“언제 갈까?”

“아줌마! 집 좀 어질러 주세요!”

손에서 가방을 내려놓기도 전에 내가 외쳤다. 아만다 X
는 탁자 위에 카드를 벌여 놓고 있다가 나를 올려다보았다.

“머리에 돌이라도 맞은 거니, 리키? 내 기억엔 말야, 너
네 아빠는 그 반대의 일을 하라고 나한테 돈을 주는 것으로
아는데.”

나는 아만다 X 곁의 의자에서 코를 골고 있는 페넬로페
를 조심스럽게 땅바닥에 내려놓고 그 의자에 앉았다. 그리
고 지금까지 있었던 일들을 전부 털어놓았다.

그 동안에, 아만다 X는 한 번도 내 말을 가로막는 일 없

이 잠자코 들어 주었다.

"정말 멋지구나. 시험은 통과했어!"

"무슨 시험이요?"

"어떤 우정이든 시험을 거쳐야 할 때가 있지. 그걸 통과하기만 하면 우정은 영원히 변치 않는단다. 너희 두 사람에겐 그 시험이 너무 빨리 찾아왔지만, 대신 평생의 친구를 일찍 얻게 됐잖니!"

나는 아만다 X의 말이 맞기를 간절히 원했다. 아만다 X는 소파 위에 방석을 마구 뭉쳐 놓고 신문지들을 방바닥에 아무렇게나 흩뜨리기 시작했다.

"너네 파출부 오늘 쉬는 날이니?"

작은꽃이 집을 둘러보며 그렇게 물었을 때는 아만다 X가 내가 부탁한 일을 완벽하게 해치운 후였다.

"아니, 부엌에서 일하고 있어. 하지만 일을 썩 잘하진 못해. 봐! 우리 집이 얼마나 멋진지 봤지?"

"그래, 하지만 아직 넌 우리 집에 안 와 봤잖아."

작은꽃은 입을 비죽거렸다. 부엌으로 들어가 보니 그 곳은 더 가관이었다. 아만다 X는 우리 쪽으로 등을 돌리고 식탁에 앉아 있었는데, 식탁 위에는 커다란 수정 구슬이 하나 놓여 있었다.

"그 애가 작은꽃이니?"

아만다 X는 우리를 쳐다보지도 않고 물었다.

"수정 구슬에 그런 게 비쳐요?"

작은꽃은 아주 깊은 인상을 받은 듯 물었다.

아만다 X는 우리 쪽으로 몸을 돌렸다.

"아니, 너희가 밖에서 하는 얘길 들었지. 암만 수정 구슬을 들여다봐도 내 얼굴밖에는 보이지 않는단다. 하지만 코앞에 이걸 두고 말하면 사람들이 내 예언을 더 잘 믿거든. 작은꽃 너도 날 그냥 아만다 아줌마라고 부르렴."

우리는 아주 즐거운 시간을 보냈다. 우리는 아만다 X가 직접 구운 케이크를 먹으면서 시스터 X에 대한 얘길 듣기도 하고 페넬로페와 놀기도 했다. 놀았다기보다는 페넬로페를 서로 번갈아 안으며 집 안을 이리저리 돌아다녔다는 편이 맞을 것이다.

"듣자니까 네가 리키 아빠 일에 관심이 많다면서?"

작은꽃은 하마터면 안고 있던 페넬로페를 떨어뜨릴 뻔했다.

"네?"

"리키가 얘기하더구나."

'어쩌자고 저런 얘길 하지?'

나는 속에서 열이 부글부글 끓었다.

'설마 작은꽃의 엄마에 대해서도 말해 버린다면? 그러면 안 되는데.'

나는 아만다 X가 작은꽃의 엄마에 대해 다 털어놓기 전에 그녀의 입을 막을 궁리를 했다. 그러나 이미 작은꽃은 나를 입이 가벼운 애로 보는 것 같았다.

"리키가 뭐라고 했는데요?"

아만다 X는 아주 천연덕스러운 표정을 지었다.

"그게 다야. 네가 자기 아빠 일에 관심이 많다고."

"예에, 그래요? 그런데요?"

"우리, 리키 아빠를 만나러 갈까?"

"무슨 뚱딴지 같은 소리예요, 아줌마?"

내가 소리쳤다.

아만다 X는 두 손을 들어 손사래를 쳤다.

"싫다면 됐어. 그냥 해 본 말이야."

사실, 아만다 X의 제안이 나쁜 것만은 아니었다. 어쩌면 아만다 X는 아빠가 이번에 맡은 사건과 파우어 형사의 계획에 대해 뭔가 알아 내고 싶은 건지도 몰랐다. 딸이 아빠를 방문한다는 핑계만큼 경찰서 안을 엿보는 데 적당한 구실은 없을 테니까.

"경찰서에서 우리를 '어서 옵쇼' 하고 들여보내 줄 것 같아요?"

작은꽃이 물었다.

"딸이 아빠를 보러 왔다는데 뭐가 문제겠니? 안 그래?"

'그래, 그럴 줄 알았어! 내 눈은 못 속이지.'

작은꽃은 시계를 들여다보았다.

"저는 지금 가 봐야겠어요. 연습이 있거든요."

"연습? 무슨 연습?"

내가 물었다.

"권투."

"하지만 아까까지도 그 얘기는 없었잖아."

"깜빡했어."

작은꽃은 서둘러 말하고는 일어섰다.

"나중으로 미루면 안 되니?"

"안 돼요, 안 돼!"

작은꽃은 벌써 문 가까이 가 있었다.

"오토바이로 데려다 줄까?"

아만다 X가 작은꽃의 등 뒤에 대고 말했다.

"먼 곳도 아닌걸요 뭐. 시립 공원 근처에 있는 옛날 체육
관이에요. 걸어가는 게 편해요. 오늘 정말 고마웠어요. 케
이크도요. 안녕, 내일 보자!"

그 애는 문 밖으로 쏜살같이 내빼 버렸다. 아만다 X는

머리를 흔들었다.

"저 애가 변명하는 게 아니라면 수정 구슬이라도 깨물어 먹겠어. 저 애는 경찰서에 가기 싫은 거야. 아암."

"그래서 일부러 가자고 한 거예요? 한 번 떠보려고요?"

"아니, 별다른 이유는 없었어."

나는 아만다 X의 말을 믿지 않았다. 그래도 작은꽃이 서둘러 떠난 이유가 아만다 X의 제안 때문이라는 얘기는 맞는 것 같았다.

"아줌마는 작은꽃이 아직도 엄마 걱정을 하고 있다는 거예요?"

"어쩌면. 하지만 그게 다는 아니야. 뭔가 숨기고 있는 게 더 있어. 그 애가 두려워하는 게 뭔지 정말 궁금한걸. 우리가 밝혀 내야 해. 작은꽃에게 무슨 일이 있는지 알아 내야겠다."

6. 링 위의 작은 꽃

아만다 X가 뭐랬더라? "뭐가 문제겠니!"라고 말했었지.

정말 사람들의 주의를 끌지 않고 경찰서에 가는 일은 식은 죽 먹기였을 거다. 만약 아만다 X가 시스터 X를 데려가겠다고 우기지 않았더라면 말이다.

출발하기 전에 아만다 X는 사이드 카에 어떻게 타야 하는지 다시 한 번 알려 주었다. 어디서 난 건지 알 수 없지만 아만다 X의 손에는 헬멧 한 개가 더 쥐어져 있었다. 오토바이를 함께 타고 갈 생각을 했던 걸까, 그래서 헬멧을 가져왔나, 나는 의아하고 어리둥절했다.

오토바이를 탈 때면 늘 그랬듯이 시스터 X는 사이드 카 안에 앉았다. 아만다 X는 나더러 시스터 X 곁에 앉으라고

했지만 나는 차라리 조금 겁나기는 해도 오토바이 뒷자리
가 낫겠다고 했다. 아만다 X는 아주 조심스럽게 오토바이
를 몰았다. 행인들은 넋 나간 표정으로 우리를 바라보았다.
나는 언제 떨었나 싶을 정도로 신나게 오토바이를 즐겼다.
오토바이를 타는 게 이렇게 즐거울 줄이야. 경찰서에 다 왔
을 때도 나는 이렇게 말하고 싶을 정도였다.
　"그냥 이대로 달려요."

　"안 됩니다!"
　경찰서 경비실에 앉아 있던 남자가 말했다.
　"양을 데리고는 안으로 한 발짝도 못 들어가요."
　"하지만 이 양은 아주 순해요. 절대 아무도 물지 않는다
니까요."
　"그래서가 아니에요. 여기는 양이 못 들어가게 되어 있
단 말입니다."
　"경찰서 규정인가요?"
　"아뇨. 내가 정한 규정이오."
　"그럼 아빠한테 전화는 해 주실 수 있죠?"
　두 사람이 다투는 걸 보다못해 내가 끼여들었다.
　"카민스키 형사가 제 아빠예요. 그냥 만나러 온 거예요."
　"너네 아빠가 누구인지는 나도 안다. 네가 아빠를 만나

는 걸 막으려는 게 아냐. 양이 안 된다는 거지. 밖에다 두 렴!”

“아니, 같이 들어갈 거예요! 이 양은 이름도 있다구요. 시스터 X, 알아요? 아주 특별한 양이에요. 지구 밖에서 왔 단 말이에요! 게다가 중대한 범죄의 증인이기도 하고요.”

아만다 X가 소리쳤다.

경비원은 일어서서 아만다 X에게 몸을 굽혔다.

“흐음, 이 양이 지구 밖에서 왔단 말이지요?”

“이제야 말귀를 알아듣는군요. 게다가 증인이기도 하죠!”

“실례지만, 아주머니, 내가 바보 멍청인 줄 아쇼?”

“그럼 카민스키 형사한테 전화를 걸어 줘요. 시스터 X를 데리고 들어가도 좋다고 할 테니.”

아만다 X가 고집을 부리며 말했다.

“정말 그럴까요?”

경비원은 수화기를 잡았다.

아만다 X가 굳이 시스터 X를 데리고 들어가려는 이유가 뭘까? 나 몰래 다른 꿍꿍이가 있는 걸까?

다행히도 아빠가 직접 전화를 받았다.

“예, 여기 경비실인데요, 형사님. 형사님 따님이 여기 와 있어요. 형사님을 뵙고 싶다는군요. 아주머니도 한 분 같이 왔는데요, 양을 한 마리 데려와서는 부득부득 같이 들어가

겠다고 고집을 피우잖아요. 예? 그 양을 아신다고요? 하지
만 선글라스를 쓰고 있는데요? 그것도 알고 계시다고요?
지구 밖에서 왔다는 황당한 소리를 해 대는데? 그것도……
그것도 알고 계시군요. 하지만 전혀…… 예, 물론이지요.
지당한 말씀입니다, 형사님. 감사합니다."

그는 수화기를 내려놓고는 잠시 멍한 눈으로 수화기를
응시했다. 그리고 나서 "들어가시오. 양도 데려가요." 하고
말하고는 시스터 X에게서 눈길을 떼지 않았다.

아만다 X는 보란 듯이 경비원 곁을 지나 계단을 걸어 올
라갔다. 시스터 X와 내가 그 뒤를 따랐다.

"내가 퇴직할 날이 멀지 않아 다행이야."

경비원이 나직하게 중얼거리는 소리가 등 뒤에서 들려
왔다.

아빠는 나를 반갑게 맞아 주었다. 하지만 아만다 X와 시
스터 X로 시선을 돌리는 순간 기뻐하던 기색은 싹 달아나
버렸다.

"아니, 뭐 하러…… 왜…… 저 양을 데려온 거지요?"

"다 이유가 있어요."

아만다 X는 그렇게 대답하고는 내게 눈짓을 보냈다.

'나더러 뭘 어쩌란 거지?'

"안 그래도 네게 전화하려던 참이었단다."

아빠는 아만다 X의 말은 건성으로 듣고 내게 말했다.

"오늘밤 늦게 들어갈 것 같아서 말야. 그러니 기다리지 말고 저녁 먹으라고."

아빠는 레몬 주스와 시스터 X가 마실 물 한 그릇을 내오게 했다. 아만다 X는 아빠에게 이것저것 물어 보다가 슬며시 본론을 꺼냈다.

"카민스키 씨, 지금 하시는 일이 뭐예요?"

별 관심 없이 던진 질문 같았지만 아빠의 반응은 날카로웠다. 아빠는 즉각 경계하는 태도를 보이며 곧바로 나를 쳐다보았다.

"이게 무슨 뜻이냐?"

"질문대로예요. 리키가 그러더군요. 아빠가 흥미로운 사건을 수사하고 있다고요."

"리카르다! 너 내가 하는 일에 대해 여기저기 떠벌리지 말라고 했지."

"신문에선 경찰이 지금 불법 도박을 조사하려고 한다던데, 그건가요?"

다시 아빠의 눈이 내 쪽으로 쏠렸다. 아만다 X는 계속해서 나를 궁지로 몰아넣고 있었다.

"잘 알고 있으면서 뭐가 궁금한 겁니까?"

"탁상 달력을 보니 저녁 여덟 시 칸에 빨간 줄이 그어져 있군요. 그 일과 관련이 있나 보죠? 혹시 '황금 닻' 술집을 급습할 건가요?"

아빠는 벌떡 일어섰다.

"급습이라니요? 무슨 근거로 그런 터무니없는 말을?"

그 순간이었다. 사무실 문이 꽝! 하고 열리더니 파우어 형사가 들이닥쳤다.

"무슨 일이오? 아, 자네 딸하고 파출부가 왔군."

"네. 그리고 시스터 X도 함께 왔지요."

아만다 X가 아빠 대신 대답했다.

파우어 형사는 양을 보자 소스라치게 놀라더니 주춤주춤 물러섰다. 그러다 때마침 문 앞에 서 있던 릴리 라살 형사를 넘어뜨릴 뻔했다.

"원 저렇게 담력이 약해서야! 무서워할 것 없어요. 시스터 X는 누가 건드리기 전에는 아무 짓도 안 해요. 안 그래도 막 일어서려던 참이었다우."

"방금 무슨 이야기가 들리던데……. 도대체 무슨 얘기들을 하고 있었던 거요?"

파우어 형사가 물었다.

"그냥 뭐 이런저런 얘기였어요."

우리는 문가로 다가가며 대답했다.

“말 좀 해 보세요. 도대체 이게 뭐예요?”

경찰서 출구를 향해 계단을 내려가면서 나는 아만다 X를 다그쳤다.

“계획적이었어요? 아빠 스케줄은 어떻게 알았어요? 아줌마가 그 얘기 할 때 아빠는 거의 이성을 잃었다고요. 난 어쩐지 아줌마가 자꾸 무서워져요.”

“리키, 그건 누구라도 맞힐 수 있는 거야. 아빠가 말했지? 오늘 늦게 들어온다고 말야. 그 때 아빠 책상에 있는 달력을 슬쩍 보니까 저녁 여덟 시에 빨간색으로 굵게 밑줄을 쳐 놓았더구나. 그건 아주 중요한 약속이 있다는 뜻이지. 지금 네 아빠 머릿속엔 온통 ‘황금 닻’ 사건뿐이잖니? 아마 그 사건과 관계가 있지 않을까 하고 생각한 것뿐이야.”

“그럼 급습한다는 건요?”

“한 번 떠 본 것뿐이란다. 헌데 딱 맞힌 거지. 네 아빠가 그렇게 나오는 걸 보니 내 말이 틀림없어.”

“만약 그렇다면…… 작은꽃의 엄마도 그 일에 말려들 거예요. 그 애 엄마가 거기서 일하고 있거든요.”

“알고 있다. 하지만 일이 터져도 밤에나 터질 거야.”

아만다 X는 시계를 들여다보며 말했다.

“이제 다섯 시니까 손쓸 시간은 충분해. 일단 시립 공원에 있는 체육관으로 가자.”

나 혼자서도 거뜬히 체육관을 찾아갈 수는 있었겠지만 아만다 X의 오토바이로 가는 것만큼 빨리 도착할 수는 없었을 거다. 아까만큼 재미있지는 않았지만 속도는 여전히 굉장하게 느껴졌다.

체육관에 간판이 달려 있어서 그나마 다행이었다. 작은꽃한테 듣지 않았더라면, 이 낡아빠진 건물에서 누가 운동을 한다고는 생각하지 못했을 거다.

체육관 건물에 난 창문들은 아마 우리 할머니가 학교에 다니던 옛날 옛적에나 닦여 봤을까, 그리고는 걸레 한 번 스치지 못했던 것 같았다. 실내 불빛은 희끄무레했고, 땀 냄새와 가죽 냄새가 뒤섞여 눈이 시큼거렸다.

커다란 체육관 안에는 세 개의 권투 링이 설치되어 있었다. 링 위에선 두 사람이 권투 글러브를 낀 채 치고받는 중이었다. 링 주위에는 구경꾼들이 모여 있었는데, 초등학생부터 할아버지, 운동복을 입은 사람, 점잖은 양복을 빼입은 사람, 별의별 사람들이 뒤섞여 있었다. 그들은 세계 챔피언전이 벌어지는 것마냥 목에 핏대를 세워 가며 열띤 응원을 하고 있었다.

나는 작은꽃을 찾아 두리번거렸다. 작은꽃은 어디에도 보이지 않았다. 나는 링 여기저기를 옮겨 다니면서 링 주변에 모여 있는 사람들 얼굴을 하나하나 들여다보았다. 우리에게 특별히 관심을 보이는 사람은 없었다. 아마 내 옷차림이 그 곳 분위기와 잘 어울리기 때문인 것 같았다. 게다가 아만다 X도 시스터 X를 사이드 카에 두고 내렸으니까. 그나저나 이 곳이 작은꽃이 말한 그 체육관은 확실한데…….혹시 작은꽃이 우릴 속이고 다른 곳에 간 걸까? 그 때 등 뒤에서 누군가 외치는 소리가 들려 왔다.

"율리아, 더 세게 방어해! 제기랄, 도대체 몇 번이나 말해 줘야 알겠냐!"

나는 이리저리 둘러보다가 머리 위쪽의 권투 링으로 눈길이 꽂혔다. 바로 거기에 작은꽃이 있었다. 권투복 차림에다 헤드 기어까지 쓰고 있어서 하마터면 못 알아볼 뻔했다.

동시에 작은꽃도 나를 바라보았다. 작은꽃은 내게 미소를 지으며 권투 글러브를 낀 손을 들어올렸다. 순간 상대 선수가 잽싸게 작은꽃의 턱을 정통으로 후려쳤다. 작은꽃은 링을 둘러친 로프로 밀려났다가 다시 퉁겨 나오더니 바닥으로 쿵! 하고 엎어져 버렸다.

나는 단숨에 링 위로 뛰어올라가 몸을 굽히고 작은꽃을 보았다. 작은꽃은 끄응 신음 소리를 내면서 일어났다.

"미안해, 정말! 많이 아프니?"

그 때 등 뒤에서 작은꽃의 목소리와 똑같은 목소리가 소리를 질렀다.

"무슨 씨알도 안 먹히는 소리냐? 뭐, 아프냐고? 여기에
발레라도 하러 온 줄 알아?"

작은꽃은 몹시 아파하면서도 나한테 웃음을 지었다.

"혼내지 마세요, 할아버지. 내 친구예요."

고개를 돌려 보니 웬 노인이 입에 담배를 물고는 꼿꼿이
서 있었다. 머리에는 팬케이크처럼 생긴 납작한 모자를 쓰
고 나무하러 갈 때나 입을 허름한 셔츠와 음식물로 더러워
진 바지를 입고 있었다. 언뜻 봐도 작은꽃의 할아버지가 틀
림없었다. 쉰 살만 젊고 수염이 없었더라면 작은꽃이 '언
니'라고 해도 될 것 같았다.

"아, 작은꽃한테 권투를 가르쳐 주신 할아버지시군요.
옛날에 권투 선수셨어요?"

사실 쓸데없는 질문이었다. 양배추 잎처럼 삐죽 솟은 귀
와 납작 내려앉은 코가 예전의 이력을 대신 말해 주고 있었
으니까.

"이봐, 나사못! 게서 뭐 하는 거야? 지금 권투 연습하는
거야, 소풍 나온 거야?"

누군가 소리쳤다.

"잠깐만 쉬세나!"

작은꽃의 할아버지가 소리쳐 대답했다.

"나사못?"

내가 작은꽃을 부축해 일으키며 물었다.

"여기 사람들 모두 할아버지를 그렇게 불러."

"왜?"

"나중에 얘기해 줄게."

권투 시합이 벌어졌던 링 앞에는 나사못 할아버지와 나이가 비슷해 보이는 노인 셋이 마치 파이프 오르간의 파이프처럼 나란히 줄지어 서서 우리를 올려다보고 있었다. 그

중 가장 키가 작은 노인은 베레모를 쓰고 다리미로 다린 주
름 자국이 난 바지를 허리띠와 멜빵으로 단단히 조여 매고
있었다. 가운데 선 노인은 바짓가랑이가 펄럭거릴 만큼 큼
직한 조깅복을 입고 있었고, 세 사람 중 제일 키가 큰 노인
은 '외로운 사람들의 파티'에라도 초대받은 듯 말쑥한 양복
을 차려입고 있었다.

"요즘엔 간호사도 데리고 다니냐, 율리아?"

베레모를 쓴 노인이 물었다.

"닥쳐, 귄터. 링 위에서 한 판 붙고 싶어?"

나사못 할아버지가 한 마디 쏘아붙였다.

"저 할아버지들은 누구니?"

"할아버지 친구들이야."

나사못 할아버지가 헤드 기어와 글러브를 벗겨 주는 동
안 작은꽃이 대답했다.

"제일 작은 사람이 귄터 할아버지고, 가운데는 빌리 할
아버지, 제일 키 큰 사람은 발터 할아버지야. 저 분들 모두
태어나면서부터 이 체육관에 드나들었을걸."

"여섯 살 때부터다."

나사못 할아버지가 권투 글러브를 벗기며 작은꽃의 말을
바로잡아 주었다.

"우린 모두 같은 학교에 다녔지. 자, 밖으로 나가자."

나사못 할아버지가 권투 장비를 가방에 쑤셔 넣는 동안 내가 작은꽃에게 속삭였다.

"할 얘기가 있어서 왔어."

작은꽃이 뭐라고 대답하기도 전에 나는 작은꽃의 손을 잡아끌었다. 곁눈질로 보니 나사못 할아버지는 적당히 거리를 두고 우리 뒤를 쫓아오고 있었다. 그 뒤로 몇 걸음 떨어져서 아만다 X도 따라왔다. 밝은 곳에 나와 보니 작은꽃의 턱에는 한 방 맞은 상처가 뚜렷하게 남아 있었다.

"나 때문이야. 정말 미안해."

"뭘. 한눈판 게 잘못이지."

"그래도. 참, 그보다 너네 엄마 일이 급해."

"우리 엄마? 무슨 일인데?"

작은꽃이 나를 빤히 쳐다보았다. 처음 내가 가족에 대해 물었을 때와 똑같은 표정이었다.

내가 막 대답을 하려는 순간 작은꽃이 자기 입술에 손가락을 갖다 댔다.

"너도 권투를 하고 싶으냐?"

곧바로 귀에 익은 목소리가 뒤에서 들려 왔다. 나는 일부러 크게 웃었다.

"아뇨! 제 몸집을 보세요. 그런 건 하나마나예요."

나사못 할아버지는 고개를 갸웃거리며 담배꽁초를 빨더

니, 머리끝에서 발끝까지 다시 발끝에서 머리끝까지 나를
샅샅이 훑어보았다.

"몸무게는 문제가 아니야. 어느 체급이냐가 문제지. 반
사신경은 좋으냐?"

그 때 귄터, 빌리, 발터 할아버지가 뒤늦게 쫓아 나오며
호기심 어린 눈초리로 우리를 바라보았다.

"자네 또 새 회원 모집 중인가?"

빌리 할아버지가 조깅복 안주머니에 손을 깊숙이 찔러
넣으며 소리쳤다.

"할아버지! 리키가 권투하기 싫다잖아요!"

"맞아요. 우린 그런 어린애 같은 장난에 정신 팔 새가 없
어요. 서로 치고받는 건 문화인이 할 짓이 못 돼요. 야만인
이나 할 짓이지!"

나사못 할아버지가 펄쩍 뛰며 뒤를 돌아보았다.

"이건 또 웬 낮도깨비야?"

"나는 아만다 X예요. 예언자이자 영매이며 혼령을 불러
오는 무당이지요. 에, 그리고 또 카민스키 씨와 이 아이네
파출부랍니다."

나사못 할아버지는 작은꽃 쪽으로 몸을 돌리더니 손가락
으로 자기 이마를 톡톡 쳤다.

"그만 싸우세요. 그게 중요한 게 아니잖아요. 작은꽃 엄

마가 체포돼도 좋단 말예요?"

"물론 아니지."

아만다 X가 한풀 꺾으며 대답했다. 그러면서도 나사못 할아버지를 험상궂은 눈초리로 쳐다보는 것은 잊지 않았다.

"너 아까부터 무슨 말을 하는 거야?"

작은꽃이 우악스럽게 내 팔을 잡아당겼다. 그제야 난 그 애의 힘이 얼마나 센지 처음으로 느낄 수 있었다. 난 아픈 어깨를 문지르며 대답했다.

"오늘 저녁 여덟 시에 경찰이 '황금 닻'에 들이닥칠 거야. 미리 알려주지 않으면 너네 엄마도 휘말릴지 몰라."

"어디서 알아 낸 거냐?"

나사못 할아버지가 물었다.

"이 애 아빠가 형사예요. 지난번에 얘기했잖아요."

"아, 그러니까 이 애가 그 짭새, 아니 경찰을 아빠로 뒀다는 네 친구로구나. 네 아빠가 너한테 그 얘기를 해 주던?"

"아뇨, 하지만 확실해요."

나사못 할아버지가 친구들에게 몸을 돌렸다.

"어이, 이봐, 이리로 와 봐!"

곧바로 노인들이 가까이 다가왔다. 발터 할아버지는 넥타이를 반듯이 잡아 세우면서 아만다 X에게 가볍게 목례를 했다. 그 인사가 아만다 X는 아주 마음에 든 모양이었다.

"자네들, 그 소식 들었나? 경찰이 '황금 닻'을 덮친다는 것 말야?"

나사못 할아버지의 말에 세 사람은 잠깐 동안 서로를 쳐다보더니 모두 고개를 저었다.

"덮친다니? '황금 닻'을?"

발터 할아버지가 그 말을 되풀이하면서 헛기침을 했다.

"그런 정보는 들은 적 없네."

"자, 너희도 들었지. 경찰이 기습하는 일 따위는 없다. 그러니 권투 연습을 계속하자."

"뭘 믿고 큰소리를 치죠?"

아만다 X가 소리쳤다. 귄터 할아버지가 히죽거리며 웃었다.

"우린 확실한 연락망이 있수."

"우리도 있어요! 빨리 작은꽃 엄마한테 알려 줘야 한단 말예요."

"이 꼬마 말이 맞아."

빌리 할아버지가 말했다.

"우리 귀에 들려 오는 정보가 다는 아니잖아."

"제발요, 할아버지."

작은꽃이 간청했다.

"집에 가서 엄마한테 얘기해 줘요. 그래야 엄마도 어떻게 할지 결정할 수 있잖아요."

"하는 수 없군."

나사못 할아버지는 거칠게 숨을 내쉬더니 시계를 들여다보았다.

"한 시간 있으면 네 엄마가 일하러 나갈 시간이야. 혹시 자동차 있소?"

"아뇨, 오토바이뿐예요."

"그런 해괴망측한 것은 타지 않겠소. 율리아도 마찬가지고."

"아이 참, 할아버지! 그럼 나더러 뛰어가라고요?"

"이 애는 시스터 X와 함께 사이드 카를 타고 가면 돼요. 헬멧도 하나 더 갖고 왔어요."

나사못 할아버지는 입 속에서 담배꽁초를 이리저리 굴리면서 아만다 X를 빤히 쳐다보았다.

"그럼 좋아요. 하지만 나는 내 자전거를 타고 갑니다. 그깟 오토바이만큼은 속도를 낼 수 있지."

아만다 X는 입을 비죽거리며 웃었다.

"대단하시구려. 달리기 경주라니. 그럼 노인 양반, 얼마나 잘 달리는지 한번 볼까요."

7. '황금 닻' 수색 작전

나는 머리에 헬멧을 쓰는 데 정신이 팔려 있었고, 작은꽃은 시스터 X 옆으로 몸을 끼워 넣으려는 참이었다. 그 때 나사못 할아버지가 사이클 선수처럼 자전거 위로 허리를 잔뜩 굽히고 친구들의 함성을 뒤로 하고서 우리 곁을 쏜살같이 지나갔다.

"저런 속도로 달린다면 정말 우리보다 빠르겠다."

"걱정 마라. 두고 보라지."

아만다 X는 서두르는 기색 없이 말했다. 우리 모두 편안하고 안전하게 자리를 잡자 작은꽃이 자기 집 위치를 말했다. 아만다 X는 오토바이에 시동을 걸고 부르릉! 소리와 함께 출발했다.

얼마 안 가서 오토바이는 나사못 할아버지의 자전거를 추월했다. 카메라만 있었더라도 사이드 카 안에 앉아 있는 시스터 X를 보고 할아버지가 놀라는 표정을 찍어 두었을 텐데! 정말 아까웠다.

좋은 일 때문은 아니었지만 그래도 나는 오토바이를 타는 게 즐거웠다. 이따금씩 작은꽃의 얼굴을 살짝 훔쳐볼 기회가 있었는데, 그 때마다 작은꽃은 딱딱한 표정으로 앞만 바라보고 있었다.

털북숭이 양 옆에 앉아 오토바이를 타는 것이 유쾌하진 않았겠지만 작은꽃이 조금도 즐거워하지 않은 진짜 이유는 양 때문이 아니었을 거다.

우리가 도착한 동네는 허름한 곳이었다. 집들은 다닥다닥 붙어 있었고 현관 앞에 정원이 딸린 집들도 찾기 힘들었다. 나는 작은꽃이 내 쪽을 건너다보는 것을 느끼며 속마음을 들키지 않으려고 애썼다.

드디어 어느 임대 아파트 앞에 오토바이가 멈췄다. 작은꽃은 사이드 카에서 훌쩍 뛰어내리더니 쌩하고 현관으로 뛰어가 문을 열어 젖혔다.

작은꽃은 맨 꼭대기 층에 살고 있었다. 아만다 X와 내가 숨을 헐떡거리며 사층으로 오르는 계단을 올라가고 있을

때, 머리 위쪽에서 작은꽃이 열쇠를 달그락대며 문을 여는
소리가 들렸다. 권투를 하면 몸이 새처럼 날래지나 보다.

작은꽃네 아파트 문이 활짝 열렸다. 아만다 X와 나는 잠
시 머뭇거리다가 작은꽃을 따라 들어갔다. 실내는 넓지 않
았지만 깔끔하고 쾌적했다. 지금까지 작은꽃이 자기 집에
나를 초대하지 않은 이유가 궁금할 정도였다.

"엄마! 엄마!"

엄마를 부르는 소리가 들리더니 작은꽃은 곧 방에서 나
와 우리가 있는 현관 쪽으로 왔다.

"어떡해. 벌써 나갔나 봐. 평소엔 지금보다 삼십 분 늦게
출발하는데, 오늘은 왜 빨리 갔담?"

"무슨 볼일이 있어서 나갔나 보다. 곧 돌아오겠지."

아만다 X가 말했다. 작은꽃은 머리를 흔들었다.

"엄마가 일하러 갈 때만 갖고 가는 핸드백이 안 보여요.
도대체 왜 내 말을 듣지 않는 거지?"

"무슨 소리야?"

"엄마한테 너네 아빠랑 너네 아빠가 맡은 사건에 대해 털
어놓았어. 그러면서 다른 일자리를 구하면 안 되겠느냐고
했는데, 엄마는 다른 일자리가 어디 쉽게 나냐면서…….
엄마는 체포되고 말 거야."

작은꽃은 입술을 바들바들 떨고 있었다. 나는 작은꽃을

팔로 꼭 껴안으며 위로했다.

"절대 그런 일 없을 거야. 아무 죄도 안 지었잖아."

"맞아. 아직 시간이 있으니까 '황금 닻'으로 가서 엄마를 만나 보자."

"그냥 전화하면 안 돼요?"

"안 돼, 리키. 그랬다가는 경찰에 덜미 잡히기 십상이야. 너네 아빠가 화내는 건 둘째 치고 철창 신세가 될 거라구. 우리는 작은꽃 엄마만 걱정하면 돼. 그 부인이 죄를 짓진 않았잖니? 나머진 우리와 상관없는 일이야."

"할아버지를 기다려야 하는 것 아니에요?"

오토바이에 올라타며 작은꽃이 물었다. 아만다 X는 오래 된 할리 데이비슨 오토바이에 시동을 걸며 대답했다.

"달리다 보면 만나게 될 거야."

아만다 X의 말이 맞았다. 몇 분 정도 달리자 나사못 할아버지가 탄 자전거가 우리를 향해 다가오는 것이 보였다. 벌겋게 상기된 얼굴이 멀리서도 보였다. 자전거는 여전히 빠른 속도로 달리고 있었다. 아만다 X는 할아버지 곁으로 다가가 오토바이를 멈춰 세웠다.

"엄마가 집에 없어요! 지금 엄마를 데리러 '황금 닻'으로 가는 중이에요!"

나사못 할아버지가 뭐라고 말하기도 전에 작은꽃이 외

쳤다.

　나사못 할아버지가 다시 입술을 달싹이는데 아만다 X가 일찌감치 오토바이를 출발시켜 버렸다. 고개를 돌려 보니 나사못 할아버지도 핸들을 돌려 우리 뒤를 따라오고 있었다.

　'황금 닻' 술집이 가까워올수록 나는 불안해졌다. 오토바이를 스치는 바람 소리가 귓전을 때리는데도 내 심장 뛰는 소리를 똑똑히 들을 수 있었다.

　솔직히 불안해할 까닭은 없었다. 시간은 넉넉했고 술집에 들어가서도 볼프 부인더러 잠시 나와 달라고 부탁만 하면 되는 것이다. 왜 그러는지는 미리 말할 필요도 없을 것이다.

　그렇게 되면 아빠에게 미안해하지 않아도 될 것이다. 작은꽃 엄마가 나쁜 짓을 저지른 것은 아니니까. 진짜 범죄자였다면 귀띔해 줄 생각은 눈곱만큼도 하지 않았을 것이다. 그런데 어쩐지 나는 일이 틀어질 것만 같아 자꾸 불안했다.

　'황금 닻'이 눈앞에 보이자 그 예감은 더욱 확실해졌다.

　경찰차들이 파란불을 깜박이며 '황금 닻' 앞에 진을 치고 있었다. 술집 맞은편에도 경찰차들이 지키고 서 있었다.

　아만다 X는 오토바이를 멈춰 세웠다.

　"이럴 수가. 한 발 늦었구나!"

　"하지만, 하지만 아직 여덟 시도 안 됐는데요."

파리해진 얼굴로 작은꽃이 더듬거렸다. 눈에는 벌써 눈물이 그렁그렁했다.

"저쪽으로 가요, 아줌마! 가서 경찰에게 애기해요."

내가 아만다 X에게 소리쳤다.

"그러면 죽도 밥도 안 돼. 여기서 너네 아빠나 그 허풍쟁이 파우언지 뭔지 하는 사람 손에 걸려든다면 모든 게 끝장이야. 우리가 여기에 왜 왔는지 뭐라고 설명하겠니?"

"사람들이 나와요!"

작은꽃이 펄쩍 뛰며 외쳤다. 그 바람에 하마터면 옆에 타고 있던 시스터 X가 사이드 카 밖으로 퉁겨 나갈 뻔했다.

'황금 닻'의 문들이 활짝 열렸다. 경찰복을 입은 사람들과 평상복을 입은 사람들이 길로 쏟아져 나왔다. 하지만 우리가 서 있는 거리에선 누가 누군지 분간할 수 없었다.

"엄마가 보여?"

"몰라! 잘 안 보여."

작은꽃이 낙담하여 대답했다. 그 사이 경찰차들은 차문을 닫고 파란불을 깜박이며 술집을 떠나갔다. 일 분도 채 걸리지 않은 시간이었다.

"안에 들어가 볼래요! 엄마가 아직 술집 안에 있는지 확인해야겠어요!"

"안 된다. 경찰차만 먼저 떠나고 카민스키 형사나 다른 형사들이 아직 저 안에 남아 있을지 몰라. 너무 위험해."

"그럼 어떻게 하죠? 그냥 여기서 손 놓고 기다려야 해요?"

내가 묻자 아만다 X는 시동을 걸며 대답했다.

"아니, 우리가 직접 경찰서로 가는 거다. 거기에 가면 뭔가 알 수 있을 거야. 여기서 서성대는 것보단 그게 안전하지."

아만다 X는 우리 의견은 들어 보지도 않고 전속력으로 오토바이를 몰았다.

도중에 우리는 다시 나사못 할아버지와 마주쳤다. 할아버지는 아까보다 훨씬 천천히 자전거를 몰고 있었다. 할아버지는 더위 먹은 개처럼 숨을 할딱거리고 있었다.

"또 무슨 일이야? '황금 닻'으로 가려던 게 아니었어?"

"거기는 벌써 갔다 왔어요, 할아버지! 벌써 경찰들이 쫙 깔려 있더라구요. 이젠 경찰서로 가려구요. 거기 가서 엄마도 잡혀 왔는지 알아볼래요!"

"댁도 원하면 우리 뒤를 따라오구려."

아만다 X는 그렇게 말하며 다시 오토바이를 출발시켰다.

"나더러 어쩌라는 거야!"

나사못 할아버지가 고래고래 소리를 질렀다. 하지만 우

리가 탄 부비는 벌써 모퉁이로 방향을 틀고 있었다.

작은꽃의 할아버지가 우리 뒤를 따라오고 있는지는 더 이상 보이지 않았다.

아만다 X는 경찰서 근처에 오토바이를 세웠다.

"너 혼자 들어가는 게 좋겠다. 들어가서 아빠를 모시러 왔다고 말하든지 아무 핑계나 대렴. 하지만 꼭 아빠하고 직접 얘기를 해야 한다!"

다행히 경비실에는 아까와는 다른 경비원이 앉아 있었다. 나는 집에 급한 일이 생겨서 아빠를 보러 왔다고 말했다. 경비원은 곧 아빠 사무실 번호를 누르더니 내게 수화기를 건네 주었다. 신호음이 떨어지고 수화기 너머에서 아빠의 목소리가 들려 왔다.

"예, 카민스키입니다."

"나예요, 아빠. 급히 할 얘기가 있어요."

"리카르다! 또 무슨 일이니? 지금쯤 집에서 아만다 X와 함께 있어야 하는 것 아니니?"

"그건 나중 문제구요. 아빠, 지금 여기 아래층 복도로 좀 나와 주실래요? 빨리요."

"아니, 도대체 무슨 일인데?"

"제발요, 아빠!"

나는 수화기에 대고 크게 외친 후 수화기를 놓았다.

"제발요, 아빠!"라고 말했으니까 아빠는 하늘이 반쪽이 나도 아래층으로 내려오는 수밖엔 없을 거다.

잠시 후 아빠가 숨을 헐떡거리면서 내 앞에 와 섰다.

"대체 무슨 일이니? 다시 들어가 봐야 하니까 얼른 말하렴. 지금 도박 사건 때문에 모든 일이 뒤죽박죽이야."

"바로 그 일 때문에 온 거예요, 아빠. 아빠가 좀 전에 '황금 닻'을 수색했다는 걸 알고 있어요."

"어떻게…… 네가 그걸 알지?"

"차차 설명할게요, 아빠. 우선 대답해 주세요, 혹시 볼프 부인도 체포되었어요?"

"볼프……? 네가 전에 얘기했던 친구 성이 볼프 아니었니?"

"그래요! 볼프 부인이 어떻게 됐는지 빨리 말해 줘요!"

아빠는 어깨를 으쓱했다.

"글쎄. 방금 체포해 온 사람들 명단을 작성하고 있었지만 어쨌거나 볼프라는 성을 가진 여자는 없는 것 같더라."

"확실한 거죠, 아빠?"

"그래."

아빠는 주저하지 않고 대답했다.

나는 펄쩍 뛰어올라 아빠의 뺨에 키스를 했다.

"고마워요, 아빠!"

"그래……. 근데, 대체 왜 그러니?"

"오늘 저녁에 말씀드릴게요! 이제 가 봐야 해요, 나중에 봐요!"

내가 반가운 소식을 전하자 작은꽃은 팔로 내 목을 감으면서 기뻐했다.

"너네 아빠가 확실하다고 한 거지?"

작은꽃은 똑같은 질문을 세 번이나 했다.

"그렇다면 두 가지 가능성이 있구나. 너네 엄마는 아직도 '황금 닻'에 있거나 경찰을 피해 몸을 숨겼을 거야. '황금 닻'에 다시 가고 싶은 생각은 없구나. 하지만 집으로 가서 네 엄마가 거기 있는지 알아볼 수는 있겠지."

아만다 X가 조용히 말했다.

"그럼 뭘 기다려요?"

작은꽃은 소리치고는 시스터 X의 귀에 키스를 했다.

우리는 오토바이를 타고 달리다가 나사못 할아버지와 마지막으로 만났던 장소에서 할아버지를 다시 발견했다. 할아버지는 보도 위에 엉덩이를 걸치고 앉아 가로등에 등을 기댄 채 담배꽁초를 씹어 대고 있었다.

"엄마는 무사해요!"

작은꽃이 할아버지한테 소리쳤다.

"우리는 지금 집으로 돌아가는 거예요. 엄마가 집에 있는지 보려고요!"

나사못 할아버지가 무슨 말을 하려는 듯 일어섰지만 아만다 X는 이번에도 역시 그 자리를 횅하니 떠나 버렸다.

작은꽃네 집에 이제 조금 익숙해졌다. 작은꽃은 계단을 성큼성큼 뛰어 올라갔다. 그 뒤로 내가 한 걸음 뒤처져서 걸어 올라갔다. 그 애는 호주머니를 뒤져 열쇠를 꺼내더니 덜덜 떨리는 손으로 열쇠 구멍에 끼워 넣고는 마구 딸그락거렸다.

나는 작은꽃 손에서 열쇠를 빼앗았다.

"이리 줘 봐, 내가 열게."

내가 문을 따자마자 작은꽃은 현관문을 활짝 열어 젖히며 외쳤다.

"엄마! 엄마! 안에 있어?"

작은꽃은 헐레벌떡 뛰어 들어가더니 어느 방 안으로 사라졌다. 난 그 애를 따라 방 모퉁이를 돌다가 하마터면 그 애와 부딪쳐 넘어질 뻔했다. 작은꽃은 문 바로 앞에 서서 소파를 멍하니 응시하고 있었다. 거기엔 작은꽃의 엄마처럼 보이는 부인이 앉아 있었다. 손에는 털실 뭉치와 두 개의 뜨개바늘 그리고 절반쯤 뜬 목도리가 들려 있었다.

“아니 왜 그렇게 소리를 지르니, 율리아? 왜 이렇게 늦은
거야? 걱정했잖아.”
“걱정했다고? 내 마음이 어땠는지 엄마가 알기나 해?”
작은꽃이 외쳤다.
“무슨 소리니? 네 마음이 어땠는데?”
볼프 부인이 딸을 향해 미소를 지었다.

8. 궁지에 몰린 아빠

"정말 내가……. 엄마! 정말 무슨 일인지 엄마 몰라?"

작은꽃이 소리쳤다.

작은꽃 엄마가 벌떡 일어섰다.

"맙소사, 율리아! 할아버지한테 안 좋은 일이 생겼니?"

"아니! '황금 닻'에 일이 생겼단 말야! 경찰이 들이닥쳐서 마구 수색을 했다니까. 그래서 난 엄마가 체포된 줄 알았잖아!"

"그럴 리가."

볼프 부인은 다시 소파에 털썩 주저앉으며 작은 소리로 말했다.

작은꽃은 안락의자에 앉았다. 그리고는 지금 막 많은 계단을 헐떡거리며 올라온 아만다 X에게도 앉으라며 의자를 권했다.

"참, 이 애는 리키야. 엄마한테 말한 적 있지?"

"아빠가 경찰이라면서?"

볼프 부인은 이상야릇한 눈으로 나를 보며 물었다.

"그래요. 그리고 나는 아만다 X예요. 예언자이자 영매이 며 혼령을 불러오는 무당이라우. 에, 또 카민스키 씨 댁 파 출부이기도 해요."

아만다 X가 큰 소리로 끼여들었다.

볼프 부인은 머리를 끄덕였다.

"율리아한테 들었어요. 그나저나 오늘 저녁에 무슨 난리 가 터진 거죠?"

갑자기 작은꽃은 마치 소형 녹음기라도 된 듯이 지금까 지 일어난 일들을 술술 풀어 놓았다.

잠시 후 작은꽃의 이야기를 다 들은 볼프 부인은 묵묵히 창가로 걸어가 밖을 내다보았다. 한참 동안 그렇게 서 있던 부인은 다시 우리 쪽으로 몸을 돌리더니 나를 쳐다보았다.

"정말 고맙구나."

"리키예요! 리키라고 불러 주세요."

"그래 고맙다, 리키. 정말 고맙구나. 그리고 부인한테도 요, X 부인……."

"천만에요. 대단한 일도 아닌데요 뭘."

아만다 X가 활짝 미소를 지었다.

"하지만 저를 위해 애써 주셨잖아요. 그것만으로도 대단
하죠."

"정말 엄마는 경찰이 덮칠 줄 몰랐단 말야?"

"응, 난 억세게 운이 좋았던 거야. 오늘 내가 일찍 집을 나
선 건 술집이 문을 열기 전에 일을 그만두겠다고 말할 생각
이었거든. 술집 주인한테 내 생각을 모두 털어놓고 더 이상

안 나오겠다고 말했지. 그리고는 곧장 집으로 돌아온 거야. 아마 불과 몇 분 차이로 너와 길이 엇갈렸던 모양이다.”

“부인께선 왜 그만둘 생각을 하신 건가요?”

“딸아이 덕분이죠. 이 애가 어제 제 양심에 찔리는 말을 했거든요. 제가 비록 ‘황금 닻’에서 무슨 일이 벌어지는지 속속들이 안 적은 없지만, 뭔가 좋지 않은 일이 벌어지고 있다는 건 어렴풋이 느꼈어요. 율리아가 제게 그 술집 일에 대해 다시 생각해 보게 해 준 거지요. 그래서 일을 그만두 겠다고 결심한 거예요. 오늘 저녁에 율리아와 아버지를 깜 짝 놀라게 해 주려고 했는데.”

“정말이지, 엄마?”

작은꽃은 활짝 웃고 있었다.

“자, 그럼 모든 일이 잘 마무리되었으니까 이제 돌아가 자꾸나. 가서 시스터 X와 페넬로페를 돌봐 줘야 하거든.”

우리가 현관에 이르자 볼프 부인이 말했다.

“내일 저녁에 식사를 대접하고 싶은데 저희 집으로 오시 겠어요? 오늘 저 때문에 힘드셨을 텐데, 너무 죄송스럽고 고마워서요. 보답하고 싶어요.”

“리키 아빠도 같이 와도 돼? 그 분 정말 친절하단 말야.”

작은꽃은 엄마가 의아한 얼굴로 쳐다보자 설명하려는 듯 이 덧붙였다.

볼프 부인은 잠시 망설이더니 고개를 끄덕이며 대답했다.

"물론이고말고."

작은꽃은 오토바이 있는 곳까지 따라나와 우리를 배웅했다.

"너네 엄마가 우리 아빠를 불편해하면……."

"신경 쓰지 마. 경찰 소리만 나오면 엄마는 늘 약간 민감한 반응을 보이거든."

"왜?"

"나중에 얘기해 줄게."

날이 저물어 가는데도 나사못 할아버지는 여전히 가로등 밑에 앉아 있었다. 멀리서도 불붙은 담배꽁초를 입에 물고 있는 것이 보였다.

아만다 X는 할아버지 앞에 오토바이를 멈췄다.

"영감님 따님은 손녀딸이랑 집에 있어요. 우리는 집으로 돌아가는 길이죠. 참 힘든 하루였어요. 영감님도 그만 집으로 돌아가세요."

나사못 할아버지는 펄쩍 뛰어올랐다.

"고맙소! 고마워서 몸둘 바를 모르겠구려. 나한테 집에 가도 좋다고 허락해 주니 말이오! 차라리 날 끌고 시내를 몇 바퀴 더 돌지 그러슈? 오늘 정말 대단히 재미있었소이다!"

나사못 할아버지는 그렇게 내뱉고 나서 자전거를 휙 돌려 세우더니 큰 소리로 욕을 퍼붓고는 씽씽 페달을 밟으며 그 자리를 떠났다.

"무지 화났나 봐요."

"아냐, 그냥 그래 보이는 것뿐이야."

아만다 X는 그렇게 대꾸하면서 나를 보고 씨익 웃었다.

아빠는 아직 퇴근 전이었다. 범인 심문이 생각보다 길어지는 모양이었다. 어쨌든 그 일은 이제 내 머릿속에서 떠난 일이었다. '황금 닻' 술집에 대해 내가 들고 뛸 이유가 없어졌다. 나는 침대 속으로 기어들어가 곧 잠이 들었다.

토요일인 다음 날은 아만다 X가 쉬는 날이었다. 난 이른 새벽에 잠에서 깨어났다. 사실 좀더 오래 이불 속에 있고 싶었지만 나는 아침 식사를 준비하기 위해 일어났다. 아빠를 기쁘게 해 드리고 싶었다. 어젠 결국 아빠의 인내심을 시험한 것이나 마찬가지였으니까 말이다.

부엌으로 들어갔더니 아빠는 벌써 아침 식사가 차려진 식탁 앞에 앉아 있었다.

"벌써 일어났어요?"

내가 놀라며 물었다.

"아니, 일어난 게 아니라 아직 안 잤단다. 한 시간 전에 집에 돌아왔거든. 자기 전에 너에게 할 얘기가 있다."

"무슨 일인데요?"

"그걸 말이라고 묻니?"

갑자기 아빠의 목소리가 커졌다.

"어제 일에 대해 좀 알아야겠다. 아만다 아줌마랑 네가 경찰서에 무슨 볼일이 있었던 거니? 더구나 그 우스꽝스런 양까지 경찰서로 끌고 오고. 볼프 부인 일은 또 무슨 일이고?"

"아, 그거요. 볼프 부인은 작은꽃의 엄마예요."

"그건 나도 안다."

"하지만 그 애 엄마가 '황금 닻'의 웨이트리스였던 건 모르셨죠? 우리는 그 분이 경찰의 계획에 말려들까 봐 걱정했거든요. 그래서 미리 경고해 주려고 한 거예요."

아빠는 자리를 박차고 일어났다.

"리카르다! 너 혹시 그러니까……."

"화내지 마세요, 아빠! 작은꽃 엄마는 어제 술집을 관두두셨대요. 그러니까 경찰들이 술집을 습격했을 때는 술집 근처에 계시지도 않았어요."

"습격이라니! 무슨 액션 영화라도 보는 줄 아니? 그건 습격이 아니라 검거였어."

"뭐라고 부르든요. 어쨌든 경찰이 술집에 가서 사람들을 체포한 건 사실이잖아요. 작은꽃은 혹시나 자기 엄마가 체포되지나 않을까 몹시 떨었다고요. 물론 작은꽃 엄마는 불법 도박 따위는 하나도 모르시지만요. 정말 그 곳에서 불법 도박이 벌어지긴 한 거예요?"

아빠는 고개를 끄덕였다.

"응. 하지만 그걸 증명하기는 어려울 듯싶다."

아빠는 갑자기 일어서더니 내 앞에 와서 무릎을 꿇었다.

"다시 한 번 말해 주겠니? 네가 볼프 부인한테 우리 계획을 미리 발설한 게 아니라고 말이야. 리카르다, 내 눈을 똑바로 보고 말하렴."

"아빠, 왜 그러세요? 날 못 믿겠어요?"

"그렇다고 대답해, 리카르다. 제발!"

나는 아빠의 머리 위로 몸을 굽히고서 아빠 눈을 똑바로 쳐다보았다.

"나는 볼프 부인한테 입도 벙긋 안 했어요. 작은꽃과 아만다 아줌마도 마찬가지구요."

아빠는 다시 일어났다.

"하느님 감사합니다! 만약 그랬다면⋯⋯. 생각만 해도 끔찍하다."

"만약 그랬다면 어땠을 거라고요?"

아빠는 머리를 긁적거렸다.

"일이 곤란하게 됐단다. 특히 파우어 형사하고 말야. 하기야 그 사람 말고 또 누가 있겠니. 어제 아만다 아줌마와 네가 왔다 간 후에, 내가 그 날 저녁에 있을 비밀 작전을 떠벌렸다고 말하는 거야. 우리 대화를 조금 엿들은 것 같아. 심지어는 우리가 무슨 얘기를 했는지 안다면서 수색을 앞당겨야 한다지 뭐냐."

"아, 그래서 경찰들이 생각보다 일찍 거기에 왔었군요! 그럼 정말 아만다 아줌마 말이 맞았네요. 아빠 달력에 적힌 빨간 표시 말이에요."

"아만다 아줌마가 보통 신경에 거슬리는 게 아니구나. 절대 멍청한 사람은 아니야."

"하지만 파우어 형사는 바보 같아요. 그래도 무사히 술집을 덮쳤으니 됐잖아요. 그것으로 다 잘된 것 아닌가요?"

"아니, 그렇지 않다."

아빠는 한숨을 내쉬었다.

"수색은 별탈 없이 진행되었지만 모든 정황으로 보아 누군가 그 사실을 범인들에게 흘린 게 틀림없어. 쓸 만한 증거가 모두 감쪽같이 사라져 버렸단다. 다행히 서류철 하나는 손에 넣었지만."

"하지만 만약 그 사람들이 정말 죄가 없다면요?"

"아니, 파우어 형사 말대로 범법 행위가 벌어진 건 사실이야. 술집 주인을 만나 본 후로 더욱 확신이 섰다. 문제는 뭘로 그걸 증명하냐지. 정말 수수께끼 같은 일은 범인들이 도주했다가 되돌아왔다는 점이야. 경찰을 피할 생각이라면 왜 돌아왔을까?"

아빠는 뚫어지게 나를 보며 재차 물었다.

"그래, 정말 미리 경고해 준 게 아니란 말이지?"

"정말 아니라니까요!"

"네 말을 믿는다. 파우어 형사가 화를 내지 않았으면 좋겠다. 그 사람은 내가 뭔가 귀띔해 줬다고 믿고 있거든."

나는 아빠가 발을 질질 끌며 천천히 부엌을 나가는 걸 바라보았다. 파우어 형사와 말다툼을 하고 난 후에도 그와 똑같은 모습이었다.

아빠는 직업을 잘못 선택한 게 틀림없다.

"볼프 부인이 오늘 저녁에 우리를 초대했어요! 아빠도 갈 거죠?"

나는 아빠 등 뒤에 대고 소리쳤다. 아빠는 몸을 돌렸다.

"내가 같이 갔으면 좋겠니?"

"그럼요! 볼프 부인은 정말 상냥해요."

아빠가 잠자리에 든 후 난 전화번호부를 뒤져 작은꽃의 전화번호를 찾아 냈다.

전화를 받은 사람이 나사못 할아버지여서 약간 당황했다. 수화기 너머로 할아버지가 작은꽃을 부르는 소리가 들렸다. 할아버지는 작은꽃이 묻는 말에 이런저런 대꾸를 해 주고는 수화기를 건넸다. 어제의 자전거 질주에 대해 불평하는 소리는 더 이상 들리지 않았다.

"벌써 일어났니?"

"응. 아빠는 좀 전에야 집에 오셨어. 언짢은 일이 있었대. 누군가 '황금 닻' 주인한테 미리 귀띔을 했다나 봐. 그 사람들 도망쳤다가 다시 돌아왔는데, 덕분에 경찰이 붙잡을 수 있었던 거지."

"너네 아빠, 설마 범인들한테 전화한 사람이 우리라고 생각하시는 거니?"

작은꽃이 깜짝 놀라면서 내 말을 가로막았다.

"아니, 내가 우리는 아니라고 했어."

"그럼 우리 엄마가 했다고 생각하시는 거야?"

"아니, 아빠는 그렇게도 생각 안 해. 너네 엄마는 아무것도 모르셨잖아. 우리 아빠가 아니라 파우어 형사가 문제야. 상당히 기분이 상해 있다는 거야. 그나마 증거로 쓸 서류 하나를 발견한 게 다행이지. 일이 절반만 고약하게 된 셈이야. 며칠만 지나면 이 소동도 잠잠해지겠지.”

“누가 누설한 걸까?”

“아빠도 알고 싶어해. 아빠를 도울 수만 있다면 좋겠다! 어쩌면 아만다 아줌마에게 좋은 수가 있을지도 몰라. 오늘 이 아만다 아줌마가 쉬는 날이라는 게 아쉽다.”

“우리가 아줌마네 집으로 찾아갈까?”

작은꽃이 물었다.

“안 될 건 없지. 너 아직 거기 안 가 봤지. 너도 꼭 한 번 가 봐야 돼.”

“정말 근사하다!”

아만다 X가 살고 있는 집을 올려다보며 작은꽃이 외쳤다.

“이렇게 큰 집에서 아줌마 혼자 산단 말야?”

“응.”

작은꽃과 나는 학교에서 만나 함께 아만다 X의 집을 찾아갔다. 작은꽃은 현관에 걸린, ‘예언자이자 영매 아만다 X’라는 간판을 보고 잠시 흥흥거리며 즐거워하더니 안으로 들어갔다.

작은꽃도 곁에 있고 아만다 X에 대해서도 알고 있으니 처음 왔을 때처럼 겁날 건 없었다. 우리는 삐걱거리며 계단을 하나씩 밟아 올라가 마침내 아만다 X의 집 문 앞에 다다랐다. 층계에 난 문들은 모두 닫혀 있었고, 문 안쪽에서는 아무 소리도 들리지 않았다.

아만다 X가 사는 집 문만 열려 있는 것도 처음 와 보았을 때와 똑같았다. 나는 살며시 집 안을 들여다보며 작은 소리로 아줌마를 불렀다.

아무런 대답이 없자 나는 안으로 들어갔다.

"집에 없나 봐. 들어와."

문가에 서 있는 작은꽃에게 내가 말했다.

"그래도 될까?"

"아줌마도 뭐라고 하시지 않을 거야."

아만다 X는 집에 없는 것 같았다. 적어도 현관에서 들여다본 방들은 그랬다. 나는 작은꽃을 서재로 데리고 들어가 시스터 X가 돌아다니며 놀던 풀밭을 보여 주었다. 작은꽃은 놀라서 입을 다물지 못했다.

"시스터 X도 없나 봐."

"아만다 아줌마가 데리고 나갔을 거야. 어쩌면 양을 데리고 자기가 카나리아라고 생각하는 그 수학 선생한테 갔는지도 모르지."

나는 피식 웃음이 나왔다. 우리가 웃고 있는 사이, 아파트 안에서 느닷없이 날카로운 비명 소리가 들렸다.

9. 영혼의 다과회

잠깐 동안 작은꽃과 나는 서로 얼굴을 쳐다보다가 그 곳을 후닥닥 빠져나왔다. 현관으로 통하는 문에서 나는 하마터면 아만다 X와 부딪쳐 넘어질 뻔했다.

아만다 X는 비명을 지르고는 한 손으로 놀란 가슴을 진정시켰다.

"깜짝이야! 왜 사람을 놀라게 하고 그러니!"

"비명 소리 들었어요, 아줌마?"

내가 소리쳤다. 그리고 대답할 틈도 없이 다시 물었다.

"혹시 아줌마가 지른 거예요?"

아줌마는 크게 웃었다.

"아냐. 그건 엘레오노레의 소리였단다. 실수로 뜨거운

보리수잎 차를 목덜미에 엎질렀지 뭐니. 그래서 꽥 하고 소리를 지른 거야. 지금 부엌에 가서 찬물을 가져오려던 참이었단다."

"엘레오노레라뇨? 그것도 아줌마가 키우는 동물이에요?"

작은꽃이 물었다.

"그렇다고 할 수 있지."

아만다 X는 쿡쿡 터져 나오는 웃음을 눌러 참으며 말했다.

"여기서 기다려라. 너희에게 소개해 주마."

아만다 X는 부엌으로 가더니 물을 담은 그릇과 행주를 들고 왔다. 우리는 아만다 X를 따라 조금 전까지 문이 닫혀 있던 방으로 들어갔다. 벽에 걸린 몇 개의 촛대에서 촛불이 타오르고 있었고, 방 한가운데에는 커다란 둥근 탁자가 놓여 있었다. 방 안에 드리워진 커튼에 촛대 위에서 타고 있는 불빛이 비쳐 펄럭거렸다.

희미한 불빛에 차츰 익숙해지자 방 한 구석에서 선글라스 너머로 우리를 쳐다보고 있는 시스터 X가 보였다. 나직하게 코 고는 소리가 들리는 것으로 보아 페넬로페도 그 방 어딘가에 있었다. 탁자엔 여자 셋이 둘러앉아 있었다. 한 사람은 키가 작고 뚱뚱했으며 다른 여자는 가늘고 호리호리했다. 세 번째 여자는 목이 깊게 파인 원피스를 입고 꽃

으로 장식한 모자를 쓰고 있었다. 그 여자는 손수건으로
자기 몸 여기저기를 닦아 내면서 우리와 인사를 하려고 일
어섰다. 그 여자가 엘레오노레인 것 같았다.

아만다 X가 물그릇을 건네 주자, 그 부인은 물에 행주를
담그며 고맙다는 표정을 지었다. 그리고는 원피스의 목덜
미 부분에 갖다 대고 닦았다.

"이 분들은 헤드비히와 엘스베트 부인이란다."

아만다 X가 키가 작고 뚱뚱한 여자와 몸이 호리호리한 여자를 가리키면서 말했다.

"엘스베트 부인은 애견 미용실을 운영하고 있고, 헤드비히 부인은 고양이 호텔을 운영하고 있어. 페넬로페도 거기에서 멋진 휴가를 보낸 적이 있지. 헤드비히와 엘스베트 부인은 쌍둥이야."

"쌍둥이요?"

내가 외쳤다.

"그렇단다. 이란성 쌍둥이지. 언니는 긴 것만 물려받았고 난 옆으로 퍼진 것만 물려받았지."

두 여자 중 작은 쪽이 웃으며 말했다.

"그리고 이쪽은 엘레오노레 부인이다. 비명을 지른 게 누구냐고 물었지? 원래 이름은 엘레오노레 폰 호펜스테트 남작 부인이란다. 진짜 귀족이지."

아만다 X가 히죽 웃으면서 말했다.

파인 가슴팍에 행주를 대고 있던 여자가 가볍게 고개를 숙이면서 약간 고통스러운 듯한 미소를 지어 보였다.

"그럼 성에서 살고 계시겠네요?"

작은꽃이 물었다.

"그렇단다, 얘야. 하지만 성이라고 하고 싶지는 않구나.

그건 우리 조상이 18세기에 세운 작고 멋진 저택이지."

엘레오노레 폰 호펜스테트 남작 부인이 상냥하게 대답했다.

"작고 멋진 저택이라니요! 스무 개나 되는 방에 스무 명이 넘는 사람이 살고 있는데!"

아만다 X가 말했다.

"여기 이 두 어린 아가씨는 누구죠?"

엘레오노레 남작 부인이 물었다.

"이 아이는 리키예요. 내가 파출부로 나가는 집 딸이지요. 그리고 여기는 리키 친구 율리아."

"작은꽃이라고 해요."

작은꽃은 자기 이름을 바로잡아 주었다.

"작은꽃이라고! 예쁜 이름이구나!"

몸이 길쭉한 엘스베트 부인이 즐거운 듯이 말했다.

"여기서 뭘 하시는 거예요?"

내가 물었다.

"우리 셋은 아만다가 여는 모임에 참석한 거란다."

"어떤 모임인데요?"

"아주 환상적인 '영혼의 다과회'지."

"다른 사람들은 모여서 커피 다과회를 열지만 우리는 영혼들과 만나는 모임을 연단다. 이따금 죽은 사람들의 영혼과 만나서 재미있는 얘기를 나누지."

"그게 가능해요?"

아만다 X는 작은꽃을 놀란 눈으로 쳐다보았다.

"당연하고말고! 들어오다가 문 앞에 걸린 간판 못 봤니?
나는 영매잖니! 오늘 우리는 엘스베트와 헤드비히 부인의
돌아가신 아버지의 영혼을 불러내 이야기를 나누었단다."

"그 분이 뭐라고 말하시던가요?"

나는 입만 떼려고 하면 새어 나오는 웃음을 억지로 참으
며 물었다.

"오늘 그 분이 손꼽아 기다리던 새 하프를 얻게 되셨단
다. 얼마 전에 다른 천사가 그 분의 하프를 훔쳐갔거든."

"아만다! 난 도저히 상상이 안 돼우."

헤드비히 부인이 소리쳤다.

"그럼 아주머니는 아주머니의 아버지가 하프를 연주하
는 천사가 아니란 말씀이에요?"

작은꽃이 물었다.

"아니, 내 말은 어떻게 천사가 하프를 훔칠 수 있느냐 이
말이야. 천사는 도둑질을 하지 않아! 아버지가 어디 다른
데다 두고는 잊어버리셨을 거야. 도무지 인정하실 생각을
안 하지만 말야."

언니인 엘스베트 부인도 고개를 끄덕였다.

"동감이다. 우리 아버지는 한 번도 잘못을 인정한 적이

없어."

한 가지만은 확실했다. 이 세 사람 모두 지난번에 만났던, 혼자 콧노래를 부르며 계단을 내려가던 그 선생처럼 약간 덜떨어진 사람들이라는 것을. 그래도 어딘지 모르게 정겨워 보이긴 했다.

엘레오노레 부인은 손가락 끝으로 행주를 잡고 원피스를 닦아 내고는 물통 안에 떨어뜨렸다.

"이만 모임을 끝내는 게 좋겠어요. 안 좋은 일을 당하고 나니 더 이상 대화할 기분이 아니에요. 아만다 부인과 저 어린 아가씨들을 방해하고 싶지도 않구요."

"방해라니, 무슨? 나는 괜찮답니다."

"우리도요!"

나는 큰 소리로 말했다.

만약 그 부인들이 유령과 대화를 나누었다고 계속 이야기한다면 더 재미있어질 게 뻔했지만, 아쉽게도 '영혼의 다과회'는 끝나 버렸다.

"누구 이야기가 맞다고 생각하세요? 천사와 하프 이야기 말예요."

세 사람이 가고 난 뒤에 아만다 X가 방 안의 커튼을 걷고 촛불 끄는 것을 도우면서 작은꽃이 물었다.

아만다 X는 작은꽃을 바라보면서 웃었다.

“그렇게 자세히는 나도 모른단다. 어쩌면 정말 엘스베트 부인의 말이 맞을지도 몰라. 부인의 아버지가 하프를 어디다 놓고 깜빡했을지도 모르지.”

아만다 X는 시스터 X에게로 다가가 목을 쓰다듬었다.

“이제 풀밭으로 가렴, 얘야. 너는 충분히 풀밭에서 뛰어놀 자격이 있어. 오늘도 멋지게 네 몫을 해냈잖니.”

아만다 X가 시스터 X를 풀밭으로 내보내는 동안에 작은꽃과 나는 어디선가 코를 골며 자고 있을 페넬로페를 찾았다.

“아줌마 머리가 약간 이상한 것 같아. 천사와 하프라니!”

작은꽃이 손가락으로 자기 머리를 톡톡 치며 낮은 목소리로 말했다.

“그게 맘에 걸려?”

내 물음에 작은꽃이 나를 바라보며 씨익 웃었다.

“아니, 정말 멋져!”

작은꽃과 내가 같은 생각이라는 게 기뻤다. 나는 탁자 밑에서 페넬로페를 찾아 냈다.

우리는 페넬로페를 부엌으로 안고 가서 바닥에 내려놓았다.

“웬일로 여기까지 행차를 하셨을꼬? 무슨 일 있니?”

아만다 X가 레몬 주스를 따라 주며 물었다.

나는 아만다 X에게 정말 예지 능력이 있는지 의심스러웠다.

"물론이죠. 또 그 '황금 닻' 이야기예요."

"그래? 거 참 구미가 당기는걸."

우리가 이야기를 다 털어놓을 때까지 아만다 X는 골똘히 생각에 잠긴 채 페넬로페의 목을 가볍게 긁어 주고 있었다.

"누가 그랬을까요? 사전에 범인들에게 그 일을 누설한 사람이 누구일까요?"

아만다 X가 아무 말도 하지 않고 침묵을 지키자 참다 못해 작은꽃이 외쳤다.

"벌써 짚이는 사람이 있는 게구나."

아만다 X의 말에 작은꽃의 얼굴이 새빨개졌다.

"아니, 예…… 그러니까 그 사람이 좀……."

작은꽃은 주저하면서 대답했다.

"리키에게 그 얘길 들었을 때 곧바로 할아버지가 떠올랐어요. 할아버지가 자전거를 타고 가다 중간에 내려서 공중전화로 전화를 걸었을지도 모르잖아요. 할아버지도 경찰이 '황금 닻'을 급습할 거라는 걸 알고 있었으니까요."

"그래서? 할아버지에게 그 얘기를 꺼내 보았니?"

작은꽃은 머리를 끄덕였다.

"하지만 할아버지는 전화하지 않으셨대요. 나는 할아버지를 믿어요."

"나도요!"

아직 작은꽃의 할아버지에 대해 아는 건 없었지만 할아버지는 거짓말할 사람처럼 보이진 않았다.

"나 역시 그 영감이 그런 사람이라고는 생각하지 않는다. 이 사건 뒤엔 다른 것이 더 숨겨져 있어. 그게 뭔지는 아리송하지만 우리가 밝혀 내면 되겠지."

"참, 우리 아빠가 너네 집에 저녁 드시러 가겠대."

아만다 X의 집을 나와 돌아가는 길에 내가 반가운 소식을 전했다.

"아이 좋아! 너네 아빠랑 우리 엄마가 잘 통할지 정말 기대된다."

"왜?"

대답 대신 작은꽃은 나를 보며 싱긋 웃었다.

"네 생각에는 그러니까 두 분이……."

"몰라 몰라. 하지만 두 사람 모두 혼자잖아. 내가 보기에 너네 아빠는 참 친절하셔."

"나도 너네 엄마가 아주 친절하신 분이라고 생각했는데. 우리가 자매가 된다는 건 상상만 해도, 으!"

"그러면 우리도 엘스베트 부인과 헤드비히 부인처럼 쌍둥이라고 말할 수 있겠지!"

잠깐 동안 우리 둘은 쌍둥이처럼 함께 살아갈 생활을 그

려 보았다. 하지만 진짜 그런 일이 일어날 거라고는 상상
이 가지 않았다. 특히 아빠는 늘 너무 서투르니까.

　집으로 돌아와 보니 아빠가 속옷 바람으로 옷장 앞에서
낙심한 표정을 짓고 있었다.
　"아, 왜 이렇게 입을 게 없지!"
　아빠가 불만 가득한 목소리로 한탄을 했다.
　서투르긴 해도 이만하면 시작은 괜찮은걸!
　"작년 여름에 경찰 축제 때 입었던 옷 괜찮던데!"
　아빠는 머리를 긁적거리며 나를 쳐다보았다.
　"그래? 너무 건들건들해 보이지 않을까? 그 부인과, 아
니 그 집 가족과 첫 대면인데."
　"건들건들이라뇨? 아빤. 건들건들은요, 청바지에 근육이
튀어나와 보이는 셔츠를 입고 내가 쓰고 다니는 캡을 썼을
때 쓰는 말이에요. 줄무늬 바지에 여름 점퍼를 입고 샌들을
신은 걸 보고 건들댄다고 하지는 않아요."
　"네 생각이 그렇다면……. 그 옷은 작년 경찰 축제 이후
로 한 번도 입은 적이 없지. 게다가 다음 주면 또 경찰 축제
가 열리는구나."
　아빠는 그렇게 말하면서 옷장 안에서 작년에 입었던 줄
무늬 바지와 점퍼를 꺼내 입어 보았다. 그러더니 갑자기 입

을 틀어막고 외쳤다.

"맙소사! 선물을 깜빡했어. 꽃이나 포도주 같은 게 있어야 하는데! 빈손으로 갈 수는 없잖아. 어쩐다. 아무래도 난 집에 남아 있어야겠다."

"아빠! 벌써 다 해결했어요. 볼프 부인한테 줄 꽃은 지하실 창고에 갖다 놓았고 할아버지에게 드릴 포도주는 냉장고 안에 있어요. 작은꽃하고 만반의 준비를 갖춰 놓았죠."

나는 한숨을 내쉬었다.

아빠는 내 곁을 지나치면서 이마에 뽀뽀를 해 주었다.

"너 없는 세상에서 내가 뭘 하겠니!"

"굶어 죽거나 목말라 죽거나 얼어 죽겠죠!"

욕실로 들어가는 아빠 뒷머리에 대고 내가 소리쳤다.

나는 작은꽃의 엄마가 마음에 들었고 작은꽃은 우리 아빠를 마음에 들어했다. 그러니까 두 사람도 서로에게 호감을 느낄 거다. 나는 차를 타고 작은꽃네 집으로 가는 동안 이런 생각을 하며 아빠를 바라보았다. 아빠는 거리에 시선을 고정시키고 있었다. 아빠에게선 면도 크림을 잔뜩 푼 물로 목욕한 듯한 냄새가 났다. 나보다 아빠가 더 초조해하는 것 같았다. 나는 아빠의 동료 집에 초대되었을 때마다 겪어야 했던 지루하기 짝이 없는 저녁 식사를 떠올리며 제발 그렇게 되지 않기를 간절히 바랐다.

　작은꽃네 현관 앞에 서자 아빠는 다시 한 번 넥타이를 고쳐 매고 헛기침을 했다. 그리고는 우승 트로피라도 되는 양 꽃다발을 가슴 앞에 꼿꼿이 들고 바로 섰다. 아빠가 초인종을 누르자 작은꽃이 문을 활짝 열고 나왔다.

“어서 오세요. 지금 집이 난장판이지만 들어오세요.”

　작은꽃은 아빠를 이리저리 훑어보며 말했다.

　집 안에서는 시끄러운 소리가 들려 왔다. 아빠가 아직 현관에서 구두를 터느라 열심일 때 볼프 부인과 나사못 할아버지가 쫓아 나와 우리를 반겼다. 볼프 부인은 드레스를 입고 있었고 나사못 할아버지는 말끔한 옷으로 갈아입고 있었는데, 아무래도 나사못 할아버지는 아만다 X에게 잘 보이려는 심산 같았다.

　“카민스키 씨죠?”

　볼프 부인이 큰 소리로 말하면서 손을 내밀었다.

　아빠는 부인의 손을 잡으며 말했다.

　“예, 볼프 부인이시죠? 만나서 반갑습니다. 저는 여기 몇 가지…….”

　그러나 볼프 부인은 아빠 얘기를 듣는 둥 마는 둥 하더니 아빠가 내미는 꽃에는 아랑곳하지 않고 대뜸 물었다.

"댁도 남자니까 기술에 대해 아는 게 많겠죠?"

"에…… 아니오, 잘 모르는데요."

아빠가 말을 더듬거렸다.

작은꽃의 엄마는 아빠의 팔을 잡았다.

"죄송하지만 부엌에 가서 제 아버님이 벌여 놓은 것을 좀 보세요."

"벌여 놓다니 그게 무슨 말이냐? 카민스키 씨는 경찰이니까 뭘 좀 아실 거야. 아마 카민스키 씨도 사람들이 필요 이상으로 많은 것을 설치해 놓고 산다고 할걸."

나사못 할아버지가 소리쳤다. 그리고는 아빠의 다른 팔을 붙잡고 부엌으로 끌고 들어갔다. 아빠는 애걸하듯 나를 돌아보았다. 하지만 나라고 뾰족한 수가 있겠어? 영문을 모르는 건 마찬가지인걸.

"어른들 왜 저러셔?"

"할아버지가 토스터를 수리한 것 때문이야."

부엌으로 들어가 보니 아빠와 볼프 부인, 나사못 할아버지가 토스터를 둘러싸고 서 있었다. 아빠 손에는 아직 꽃이 들려 있었다.

"아버지는 이 토스터를 고쳤다고 말씀하시는 거예요. 기계 나사들을 죄다 빼놓고 다시 조립하셨는데, 부품 몇 개가 바닥에 그냥 나돌아다니는 거예요. 그리고는 이 부품들이 필요가 없대요."

볼프 부인은 화난 눈초리로 나사못 할아버지를 흘겨보았다.

"암, 백번 옳은 말이지! 사람들이 필요 이상으로 많은 부품을 조립해 넣는 게 탈이야!"

나사못 할아버지가 소리쳤다.

"그럼 왜 토스터가 작동을 안 하죠?"

"그건 다른 이유 때문이야."

나사못 할아버지는 계속 고집을 피우며 변명을 했다.

"늘 저러셔."

작은꽃이 속삭였다.

"할아버지는 눈에 보이는 건 뭐든지 수리해. 그게 취미거든. 그런데 수리할 때마다 나사못 몇 개는 그냥 남아."

"그래서 할아버지 별명이 나사못이구나!"

작은꽃은 고개를 끄덕이면서 나오려는 웃음을 막으려고 입에다 손을 갖다 댔다.

그 때 볼프 부인이 아빠가 선물로 가져온 꽃을 발견했다.

"고마워요, 카민스키 씨. 정말 자상하시군요. 그런데, 이걸 어떻게 생각하세요?"

"그러니까……."

아빠는 당장 대답하지 못하고 머뭇머뭇했다.

“만약 이 기계가 작동하지 않는다면 빠진 부품들이 아마
필요한 것이겠지요.”

“말도 안 되는 소리! 젊은 사람들은 모두 한 통속이라니
까.”

그 때 초인종이 울렸고 덕분에 아빠는 간신히 위기를 모
면했다. 아만다 X가 집으로 들어왔던 것이다. 다행히 시스
터 X와 페넬로페를 집에다 두고 혼자 왔다.

아만다 X 역시 곧바로 토스터 수리 사건에 대해 알게 되
었다.

“어디가 고장난 건지 모르겠지만 어디 한 번 볼까요?”

“물러서요!”

나사못 할아버지가 소리쳤다.

“이 토스터는 나만 고칩니다!”

볼프 부인은 어쩔 도리가 없다는 듯 두 팔을 들어올렸다
가 다시 내렸다.

“하필이면 오늘이에요. 식사 전에 토스트를 먹을 참이었
는데.”

“굽지 않은 토스트도 괜찮습니다. 그래도 아주 맛있거든
요.”

아빠가 재빨리 끼여들었다.

저녁 식사는 아만다 X가 만들어 준 식사만큼이나 맛있었

다. 물론 토스트 없이도 말이다. 아빠도 같은 생각인 듯했다. 아빠는 먹을 걸 입에 넣은 채 음식에 손을 가져가곤 했는데, 그건 오랫동안 못 보던 버릇이었다. 나사못 할아버지의 토스터 수리 사건 때문에 소란스럽기는 했어도 날씨 얘기나 지난번 휴가에 대해 되풀이하는 지루한 대화는 없었다. 어른들에게도 좋았던 것 같다. 어른들은 오래 전부터 알고 지낸 사람들처럼 편하게 이야기를 나누었다. 이따금 아빠와 볼프 부인의 눈길이 마주쳤는데, 그것으로 보아 서로 싫어하는 것 같진 않았다. 물론 아빠는 볼프 부인을 똑바로 바라볼 엄두는 내지 못했다. 작은꽃도 눈치챘는지 나에게 눈을 찡긋해 보였다.

저녁 식사가 끝난 뒤 작은꽃이 자기 방을 보여 주었다. 그 방 역시 아늑하게 꾸며져 있었다.

"배가 터질 것 같아!"

나는 헉헉거리며 침대 위에 벌렁 몸을 내던졌다. 내 뒤쪽 벽에 뭔가 걸려 있어 돌아다보니, 채찍이었다.

"웬 채찍이니?"

"아빠 거야. 야생 동물 조련사였거든. 아빠를 생각나게 해 주는 유일한 물건이지. 왜?"

내가 미처 뭐라고 대꾸하기도 전에 볼프 부인이 부르는 소리가 들렸다.

“애들아! 후식 먹어라!”

나는 재빨리 얼버무렸다.

“뭐, 그냥. 나가자.”

아이스크림과 뜨거운 버찌를 정신없이 먹는 동안에도 내 머릿속에서는 채찍과 작은꽃의 아빠가 조련사였다는 말이 떠나지 않았다.

서커스 단원들은 늘 여행을 다닌다. 보험 회사 직원이나 음악가 혹은 수많은 다른 사람들처럼. 그것이 엄마와 관련이 있지 않을까 했던 생각은 정말 엉뚱하고 어리석은 것이었다.

10. 뜻밖의 제안

갑자기 아빠의 호주머니에서 삐삐 소리가 났다.

"아빠! 언제 또 챙긴 거예요?"

아빠는 어깨를 움찔했다.

"새삼스럽게 뭘 그러니? 아빤 늘 대기 상태잖니!"

"혹시 가야 되는 것 아니죠?"

"호출이네요."

아빠는 모여 있는 사람들에게 이렇게 말하면서 호주머니에서 호출기를 꺼내 신호음을 껐다.

"삐삐 신호가 울리면 사무실로 전화를 걸어 달란 뜻이죠. 휴대폰은 돈이 많이 들잖아요. 혹시 전화 좀 써도 될까요?"

볼프 부인은 아빠와 함께 현관 쪽으로 갔다가 곧 되돌아
왔다. 아빠가 수화기에 대고 이야기하는 소리가 들렸지만
무슨 말을 하는지는 알아들을 수 없었다. 볼프 부인이 통화
에 방해되지 않게 문을 닫아 둔 것이다.

마침내 아빠가 다시 거실로 돌아왔다.

"무슨 일이에요? 여기 계속 있어도 되는 거죠?"

아빠는 머리를 저었다.

"아니."

"또 그 '황금 닻' 때문인가요?"

"예, 볼프 부인. 하지만 그것 때문만은 아니에요. 파우어
형사가 무슨 일인지 말을 안 하지만 사건이 터진 것 같습니
다. 아쉽지만 지금 가 봐야 할 것 같아요."

"나도 같이 갈래요!"

"리키, 너는 여기 있는 게 맘이 놓일 것 같구나. 이따가
데리러 오마. 볼프 부인만 괜찮으시다면 말이다."

볼프 부인은 물론 아빠 뜻에 동의했다. 나는 졸라 볼 여
지도 없이 작은꽃네 집에 남아 아빠를 기다려야 했다. 아빠
가 걱정이 됐다. 아빠 직장에 짜증나는 일이 있다는 것은
벌써 여러 번 들어 알고 있었다. 그리고 아빠의 일은 거의
언제나 그런 식으로 시작되곤 했다.

아만다 X와 작은꽃, 그리고 볼프 부인과 나사못 할아버

지는 내가 무슨 생각을 하고 있는지 느끼는 것 같았다. 아니 어쩌면 그들도 나름대로 생각에 잠겨 있는지도 몰랐다. 어쨌든 그들은 내 관심을 조금이나마 딴 쪽으로 돌려 보려고 애썼다.

볼프 부인은 서커스단 생활에 대해 이야기해 주었다. 재미있기는 했지만 별 도움이 되지는 않았다. 나는 그 이야기를 듣다가 작은꽃의 방에서 보았던 채찍을 다시 떠올렸다. 볼프 부인은 그런 줄도 모르고 열심히 이야기하고 있었다. 나는 작은꽃에게도 털어놓고 싶지 않았다. 내 관심은 오로지 아빠에게 무슨 일이 일어났을까 하는 것이었다.

아빠가 돌아왔을 때는 이미 밤이 깊어 있었다. 아빠를 보니 골치 아픈 일이 생긴 게 틀림없었다.

아빠는 소파에 털썩 주저앉았다. 그리고는 나사뭇 할아버지가 말없이 앞에 갖다 놓아 준 술을 고마워하며 한 모금 꿀꺽 넘겼다.

"몹시 지쳐 보이네요. 경찰서에 무슨 일이 생겼어요?"

아만다 X가 물었다.

아빠는 길게 숨을 들이쉬고는 나지막한 목소리로 대답했다.

"……정직됐어요."

"정직이라뇨? 그게 무슨 뜻이에요?"

내가 외쳤다.

"그건, 경찰 신분증을 반납하고 상부의 허락이 떨어질 때까지는 나오지 말라는 뜻이다."

"왜요? '황금 닻' 때문인가요?"

"예, 볼프 부인. 사전에 범인들에게 그 사실이 새어 나간 걸 경찰에서 알았어요. 그들이 보관 중이던 몇몇 문서 말고는 모든 것이 흔적도 없이 사라졌거든요. 만약 범인들이 '황금 닻'으로 돌아오지 않고 그대로 내뺐더라면 영영 못 잡았을 거예요. 누군가 우리 계획을 누설했다는 게 명백한 사실이 된 거죠."

"그래서 아빠를 오라고 한 거예요?"

"파우어 형사가 전화국의 도움으로 그날 '황금 닻'의 전화 통화 내역을 샅샅이 조사했단다. 내역서엔 전화를 건 사람의 전화번호와 통화 시간이 모두 기록되어 있어. 경찰이 출동하기 바로 직전에도 통화 기록이 있었는데, 하나는 '황금 닻'에 술을 배달하는 곳에서 온 것이었고, 다른 하나는 내 사무실 전화번호였지."

"모함이에요! 파우어 형사는 새빨간 거짓말쟁이예요."

"그 파우어란 사람, 제정신인 것 맞아요?"

볼프 부인이 물었다.

아빠는 머리를 흔들었다.

"제 눈으로 확인했어요. 통화 내역서에 적힌 전화번호도 맞고 전화를 건 시간도 맞아요. 경찰이 '황금 닻'을 덮치기 전에 누군가 내 전화기로 그 곳에 전화를 한 게 틀림없어요."

"그 때문에 정직이 됐군요. 하지만 댁의 사무실 전화로 전화를 했다 하더라도 전화를 건 사람이 댁이라는 법은 없지 않소?"

나사못 할아버지가 말했다.

"그래요. 누군가 바로 그 시간에 제 사무실에 있었다는 거지요. 어쨌든 그게 파우어 형사가 주장하는 바예요. 게다가 또 제가 사건 전말을 아만다 아줌마와 제 딸이 경찰서로 찾아왔을 때 말했다는 겁니다."

"하지만 증거로는 불충분해요. 그것 말고 또 뭔가가 있는 거예요."

아만다 X의 말에 아빠는 땅바닥으로 눈길을 떨구었다.

"맞아요. 오늘 아침 경찰이 전화 통화 기록을 밝혀 내고 나서 저를 미행했어요."

"경찰이 우릴 감시했단 거예요?"

"그래. 내 상사가 그렇게 하라고 허락했다는 게 정말 실망스러워. 파우어 형사더러 내 뒤를 밟게 한 건 나를 범죄자 취급한 거나 다름없어. 경찰은 내가 오늘 저녁에 여기에 와 있다는 것도 알아 냈지. 그리고는 이 집에 사는 사람들과 '황금 닻'의 종업원들, 그리고 그들이 알고 있는 다른 사람들의 이름들을 서로 대조했단다. 나머지는 짐작하는 대로야."

볼프 부인은 손을 입에 갖다 댔다.

"맙소사! 그러니까 제가 거기서 일했다는 것도 알아 낸 거군요. 그래서 저하고……"

"제가 부인 때문에 작전을 미리 누설했다는 거지요. 그게 다예요."

"미안해요, 카민스키 씨. 저 때문에 일자리를 잃게 되셨군요."

아빠는 고통스럽게 미소를 지었다.

"그렇게 생각하지 마세요. 부인도 저 때문에 일자리를 잃게 된 거나 마찬가지잖아요. 아직 해고된 건 아니에요. 잠시 경찰복을 벗는 것뿐이죠. 물론……"

"또 뭔데요?"

아빠가 더 이상 말을 안 하려고 해서 내가 물었다.

"사실 네가 너무 걱정할까 봐 말하고 싶지 않았다만 너도 알 권리는 있지. 바인라인 반장이 나에게 사표를 내라는구나. 내가 수사 대상에 올랐다는 거야. 그 일이 어떤 결과를 가져올지는 모르겠지만 내가 경찰복만 벗는다면 나를 수사하는 건 막을 수 있다는 거야."

"그러지 말아요, 젊은 양반! 당신이 무슨 죄가 있다고. 맞서 싸워요!"

"저도 그러고 싶습니다. 만약……."

"만약 벌써부터 경찰을 그만둬야겠다고 생각하지 않았다면요. 내 말이 맞죠? 네?"

내가 말을 이어받았다.

아빠는 눈을 크게 뜨고 나를 바라보았다.

"어떻게 알았니?"

나는 어깨를 으쓱했다.

"잘은 몰라요. 하지만 밤이면 아빠가 어떤 얼굴로 돌아오는지는 알아요. 오래 전부터 일을 지긋지긋하게 생각했잖아요."

"맞는 말이다."

"그럼 이제 무슨 일을 하실 생각이지요?"

아만다 X가 물었다.

"글쎄요. 사표를 낸다는 게 말은 쉬운데 행동으로 옮기기는 어렵군요. 어쨌든 난 돈을 벌어야 하잖아요. 우선은 하룻밤만이라도 이것저것 다 잊고 푹 자고 싶습니다."

하지만 그것도 말이 쉽지 행동하기는 어려웠다. 오후까

지만 해도 나는 아빠와 볼프 부인이 서로 잘 통할 수 있을까 하는 것에만 온 신경을 썼다. 그런데 지금은 아빠의 일자리가 날아갈 판이었다. 우리가 사는 아파트까지도. 아빠가 경찰서를 나오는 즉시 우리는 경찰 사택인 지금의 아파트에서도 나가야 한다. 그런 걱정을 하고 나니 다음에는 작은꽃의 방에서 본 그 채찍이 머릿속에서 맴돌았다. 결국 나는 새들이 지저귈 때가 되어서야 잠이 들었다.

눈을 떴을 때는 자명종 시계가 벌써 낮 12시를 가리키고 있었다. 녹초가 된 기분이었다. 샤워를 하고 옷을 입고 나니 비로소 좀 개운해졌다.

아빠는 집에 없었다. 대신 부엌 식탁 위에 산책을 나간다는 쪽지가 놓여 있었다. 산책을 하면서 아빠가 어떤 생각을 하고 있을지 대충 짐작이 갔다. 아만다 X는 아직 일하러 오지 않았다. 시간을 정해 놓지 않고 좀 늦게 오기로 아빠와 합의를 본 것이다.

내가 아침 식사로 막 빵을 한 입 베어 먹으려고 할 때 전화벨이 울렸다. 아만다 X였다.

"아빠가 결심은 하셨다니?"

"몰라요. 저는 방금 일어났어요. 아빠는 지금 산책 나가고 안 계세요."

"아하, 그럼 아빠한테 전해 주렴. 할 말이 있으니 우리 집으로 와 달라고 말야."

아만다 X는 별다른 기대를 하지 않은 것처럼 말하며 다른 용건을 꺼냈다.

"오늘은 일하러 안 오실 건가 봐요? 하실 말씀이 뭔데요?"

"오늘 일하러 갈 필요는 없을 것 같구나. 아주 중요한 용건이니까 꼭 와 주었으면 한다고 전해 주려무나."

아만다 X는 대답을 기다리지도 않고 수화기를 내려놓았다. 나는 아만다 X와 지내는 동안 웬만한 일에는 놀라지 않는 훈련이 돼 있었다. 그냥 어깨를 한 번 들썩이고는 다시 아침을 먹기 시작했다.

아빠는 산책하는 동안 얻은 게 있었나 보다. 식사를 끝내고 막 설거지를 하고 있을 때 현관에서 열쇠 따는 소리가 들렸다. 나는 씻던 접시를 내려놓고는 현관으로 달려갔다.

"나간 지 한참 된 것 알죠? 생각은 정리가 되셨어요?"

나는 아빠를 반갑게 맞이했다.

아빠는 재킷을 벗어 옷장에다 걸고는 내 손을 잡았다.

"이리 와 봐라. 거실에 가서 앉자."

아빠가 어떤 결정을 내렸는지 말하지 않아도 나는 아빠

입에서 무슨 말이 나올지 알고 있었다. 아빠는 나와 마주
보고 앉아 이렇게 말했다.

"사표를 낼 거다. 모든 게 무의미해. 진작부터 진저리가
났었지. 난 경찰 일에 소질이 없나 보다. 물론 시만스키 형
사처럼 되고 싶다는 꿈은 간절했지만."

"시만스키 형사처럼 될 필요는 없어요. 아빠가 훨씬 멋
있는걸요."

아빠는 나를 보고 미소를 지었다.

"기쁘구나. 고맙다. 아마 어젯밤과 같은 일이 일어나지
않았더라면 난 계속 경찰직에 몸담았을 테지. 내가 충격을
받은 건 동료와 상사가 내게 한 마디 말도 없이 내 뒤를 캤
다는 거다. 질려 버렸어!"

"그럼 우리 이사 가야 해요?"

"아마도. 새 아파트를 구해야 할 거야. 그리고 새 일자리
도 찾아야겠지. 꼭 찾을 테니 걱정 마라. 야간 경비원으로
일하게 되더라도 말이다!"

나는 갑자기 끔찍한 생각이 떠올랐다.

"딴 도시로 가야 되나요?"

아빠는 잠시 나를 쳐다보았다.

"솔직히 모르겠구나. 그럴 가능성도 아주 없는 건 아니
란다. 하지만 네가 여기를 좋아하고 단짝 친구를 사귄 것도

잘 안다. 어떡하든지 이 곳에서 뭔가 할 일을 찾아보마."

나는 그렇게 되기를 간절히 기도했다. 작은꽃과 헤어지는 일이 생긴다면……. 아니 그런 일은 절대 없어.

"아만다 아줌마는 오셨니?"

"아 참, 하마터면 까먹을 뻔했다! 아까 전화가 왔어요. 아줌마가 할 얘기가 있대요. 우리더러 오라는데요?"

"그러지 뭐. 거기 가면 최소한 다른 생각들이 떠오르겠지. 또 아줌마에게 임금을 지불할 형편이 못 된다는 말도 해 줘야지."

"아줌마가 없으면 섭섭할 거예요."

아빠는 머리를 끄덕였다.

"나도 그렇구나, 애야. 거 참 이상하지."

아만다 X의 집으로 가기 전에 나는 작은꽃한테 전화를 했다. 우리 아빠가 어떻게 결정을 내렸는지 무척 궁금해할 것 같았다. 하지만 아무도 전화를 받지 않았다.

그 까닭을 아만다 X의 집에 들어섰을 때에야 알게 되었다. 모두들 혼령을 불러오는 심령술 탁자 주위에 둘러앉아 있었다.

"모두 여기 있네요?"

"아줌마가 우리한테 전화했어. 여기로 와 달라고. 할 이야기가 있대."

"우리한테도 그랬는데."

"우리 모두와 관련이 있는 일이니까."

부엌에서 아만다 X의 목소리가 들려 왔다. 잠시 후 아만다 X는 커다란 쟁반 위에 찻잔과 구운 과자를 내와서 혼령을 부르는 탁자 위에 놓았다.

"이제, 어떻게 하실 건가요?"

아만다 X는 아빠한테 물었다.

"사표를 낼까 해요. 그래서 말씀인데요, 앞으로는 아주머니를 쓸 형편이 못 됩니다. 미안해요. 아무래도 아주머니를……."

"그 이야기는 차차 하도록 하고요."

아만다 X는 아빠가 하는 말을 가로막았다.

"차는 약간 진해야 맛있으니까 더 우러나게 놔 두죠. 그 동안 집을 둘러봅시다."

"집이라뇨? 어떤 집이요?"

"물론 내 집이지요. 진작에 눈치챘겠지만 나는 이 아파트의 일부만을 쓰고 있다우."

"맞아요. 다른 층으로 통하는 문들이 있어요!"

"잘 봤어, 리키!"

아만다 X는 호주머니에서 커다란 열쇠 꾸러미를 꺼냈다.

문을 하나씩 열어 보니까 그 안에는 지금 아만다 X가 살고 있는 집과 크기가 비슷한 아파트가 한 채씩 있었다. 안은 텅 비어 있었지만 깨끗한 상태였다. 나사못 할아버지도 깨끗하다는 말을 몇 번이나 되풀이했다. 그 안에 수리할 만한 것이 하나도 없어서 섭섭한 모양이었다.

"믿을 수가 없군요."

우리가 다시 커다란 탁자 주위에 모여 앉자 아빠가 말했다.

"양탄자와 벽지만 있으면 언제라도 사람이 들어와 살아도 되겠어요."

"그럼 뭘 망설여요? 벽지를 바르고 양탄자를 깔고 이사를 오면 되잖아요."

"지금…… 지금 우리더러 여기에 들어와 살라고요?"

"이해하셨수? 댁하고 리키가 한 층에 들어와 살고, 작은꽃네는 다른 층에 들어가 사는 거요. 안 그래도 큰 아파트에서 혼자 사는 게 외로웠거든요."

작은꽃은 좋아서 팔짝팔짝 뛰었다.

"우리도요? 멋져요! 그러면 여기서 다 함께 사는 거잖아요!"

"정말 친절하시군요, X 부인, 아니 아주머니. 하지만 우리는 월세를 낼 형편이 못 돼요. 카민스키 씨도 곧 실직하게 되면 마찬가지일 거예요."

아만다 X는 눈짓을 하며 막았다.

"돈 걱정은 말아요. 두 사람 모두 돈을 벌게 될 테니! 물론 내 제안을 받아들인다면 말이지."

"무슨 제안인데요?"

아빠가 물었다.

아만다 X는 약간 몸을 굽히고서 아빠와 볼프 부인을 쳐다보았다. 나는 너무 궁금해서 쓰러질 지경이었다.

"아주 간단하면서도 환상적인 제안이지요. 두 분이 내 파트너가 되어 주는 거요."

11. '황금 닻'에 숨은 음모

"말도 안 되는 소리!"

아빠는 곧바로 입에 손을 가져갔다.

"미안해요. 제 본심은 아닙니다. 전혀 생각 못 했던 제안이라서요."

"저도 동감이에요."

볼프 부인이 아빠 편을 들었다. 그러자 나사못 할아버지가 끼여들었다.

"왜들 그러냐? 얘기를 더 들어 봐야지. 자초지종을 듣고 나서 반대를 해도 하려무나."

"고마워요."

아만다 X는 나사못 할아버지에게 미소를 지어 보였다.

나사못 할아버지는 당황한 듯이 웃으며 얼굴을 붉혔다.

"천만에요. 그리고 이제 나를 나사못이라고 불러요. 다른 사람들도 다 그렇게 부르니까."

"그러지요. 댁이 나를 아만다라고 부르면요."

"도대체 어떻게 그런 생각을 했어요?"

작은꽃이 그렇게 물으며 나를 보고 눈을 깜빡거렸다. 나사못 할아버지와 아만다 X는 만나기만 하면 아웅다웅하면서도 서로 싫어하는 것 같진 않았다.

아만다 X는 등을 뒤로 젖히고 앉아 아몬드로 빚은 술을 홀짝이면서 음미하듯 눈을 감았다.

"아주 환상적인 생각이죠. 내 생각은 이래요. 알다시피 나는 예언자고 영매이며 혼령을 불러오는 사람이에요."

"그 이야기는 벌써 했잖아요."

아빠가 초조한 듯이 숨을 거칠게 몰아쉬며 말했다.

"그래서 나를 찾는 고객이 많아요."

아만다 X는 아빠 말은 들은 척도 않고 계속 얘기했다.

"초자연적인 일은 나 혼자서도 거뜬히 해결할 수 있어요. 하지만 이따금 도와주는 형사가 있었으면 하는 아쉬운 생각이 들 때가 있죠."

"사설 탐정 같은 사람 말이에요?"

아만다 X가 내게 머리를 끄덕여 보였다.

"그래. 얼마 전에도 가짜 예언자한테 사기를 당한 여자가 나를 찾아왔었다. 그럴 때 사설 탐정이 있었더라면 좋았을 거야."

"그러면 사설 탐정이 되라는 말인가요?"

아빠가 물었다.

"눈치도 빠르시지! 그래요. 동업을 하는 거죠. 나는 혼령을 맡고 댁들은 사기꾼을 맡는 거요. 우리가 뭉치면 당해 낼 사람이 없을걸!"

"내가, 사설 탐정이 된다고요?"

아빠는 믿을 수 없다는 듯 머리를 흔들었다.

"왜 안 되우? 두 사람이 사설 탐정이 되는 건 뻔한 이치예요. 카민스키 씨는 경찰이었고 그 방면엔 전문가지. 물론 당신이 그 일을 썩 좋아하진 않았지만 말이유."

"하지만 저는 뭘 보고 같이 일하자는 거죠?"

작은꽃의 엄마가 물었다.

"첫째, 댁은 여자니까 여자로서 할 수 있는 일이라면 뭐든지 할 수 있어요. 또 분장 기술도 있잖수. 그건 탐정 일을 하는 데 매우 쓸모가 있어요."

"발각되지 않도록 변장을 해야 할 때 말예요?"

"똑똑하구나, 리키. 볼프 부인, 댁의 아버지는 현장에서 정보를 줄 좋은 연줄을 가지고 있어요. 아버님의 친구들이 연줄이 있다고 말하는 것 들었죠?"

"아, 예."

할아버지는 씩 웃었다.

"빌리는 경마장 근처에서 작은 술집을 운영하지. 발터는 경마 사무실을 운영하고 있고. 귄터는 발터의 일을 돕고 있는데 젊고 호리호리했던 시절에는 경마 기수였다오. 꽤 오래 전 일이긴 하지만. 술집이나 경마 사무실에 있다 보면 늘 이런저런 소문을 듣게 되지."

난 문득 나사못 할아버지의 직업이 뭐였는지 아무도 말해 주지 않았다는 것이 떠올랐다. 하지만 할아버지에게 묻지는 않았다. 작은꽃에게 호되게 당한 적이 있어서 입을 함부로 놀리지 않는 게 좋다는 걸 늘 새겨 두고 있었으니까. 하지만 그것도 얼마 안 가서 곧 알아 내게 될 거다.

"그게 바로 내 말이에요. 그런 데서 주워들은 정보는 사설 탐정 사무소를 운영하는 데 아주 큰 도움이 되지요."

아빠와 볼프 부인은 서로를 빤히 쳐다보았다. 그들은 나오는 웃음을 참지 못하고 큭큭거렸다.

"아주머니께서 그렇게 확신하신다면, 볼프 부인은 어떻게 생각하십니까?"

아빠가 물었다.

"제발, 엄마! 그렇게 해!"

작은꽃이 외쳤다. 나도 맞장구쳤다.

"나도 찬성이에요. 그러면 모두 함께 살 수 있잖아요."

"게다가 사무실도 있답니다. 남아도는 아파트가 하나 더 있거든요."

아만다 X가 덧붙였다.

"나도 찬성이다. 손해볼 건 없잖아."

"하지만 사설 탐정 사무소를 운영하려면 해결할 사건들이 있어야 하는데, 그런 사건들을 어디서 구해 올 거죠?"

아빠가 물었다.

아만다 X는 어깨를 으쓱해 보였다.

"일단 광고를 내면 저절로 소문이 돌 거요. 또 내 고객들과도 접촉할 거고."

아빠와 볼프 부인은 다시 서로를 쳐다보았다.

"볼프 부인하고 단둘이 얘기를 해 봤으면 합니다."

"좋은 생각이에요! 그럼 저기 시스터 X가 있는 풀밭으로 가요. 거긴 방해가 안 될 테니."

아만다 X가 기뻐하며 말했다.

아빠와 볼프 부인은 방에서 나갔다. 작은꽃과 나는 잠시 기다리다가 슬그머니 뒤를 따라갔다. 아빠와 볼프 부인은 시스터 X가 풀을 뜯고 있는 풀밭에 서서 이야기를 나누고 있었다.

사실, 나는 두 사람이 멋진 한 쌍이라고 생각했다. 시스터 X는 두 사람 곁에 바짝 붙어 서서 그들이 주고받는 말을 엿듣는 듯 그들을 쳐다보고 있었다. 대화는 오래 가지 않았다. 아빠와 볼프 부인이 다시 들어올 기미를 보이자 작은꽃과 나는 잽싸게 몸을 돌려 아무 일도 없었던 것처럼 탁자에 가서 앉았다.

아빠의 얼굴은 크리스마스 선물을 받은 아이처럼 활짝 피어 있었다.

“한번 해 보기로 했습니다.”

작은꽃과 나는 좋아라 얼싸안고 머리가 어지러워질 때까지 빙빙 돌았다.

“좋아하긴 아직 일러. 그 일이 잘 될지도 모를뿐더러 이제부터 해야 할 일이 한두 가지가 아니야.”

볼프 부인이 말했다.

“우선 사건이 하나 있어야겠지.”

나사뭇 할아버지가 말했다. 그 때 아만다 X가 큰 소리로 나섰다.

“무슨 소리! 사건은 벌써 있어요. 하필이면 카민스키 씨의 전화를 이용해서 ‘황금 닻’ 사람들에게 미리 경고를 한 사람, 그 배후에 숨겨진 인물이 누구인지 캐내는 게 카민스키-볼프 사설 탐정소가 해결할 첫 번째 사건이지요.”

그 날 저녁은 굉장히 길게 느껴졌다. 우리는 의논을 하고 계획을 짰다가 다시 내던져 버리고는 새 계획을 짰다. 나와 작은꽃은 꼬마곰 젤리를 먹었고, 아만다 X와 나사뭇 할아버지는 아몬드로 빚은 술 반 병을 나눠 마셨다. 작은꽃과 나는 밤을 새워서라도 의논을 하라면 했겠지만 결국 작별 인사를 해야 했다.

앞으로 해야 할 일이 확실해졌다.

아빠는 곧장 사표를 내는 대신 우선 내일 아침에 바인라인 형사 반장을 만나 면담을 하면서 뭔가를 캐내기로 했다. 누군가 '황금 닻' 술집에 귀띔을 해 주었다면 그 사람이 누구든 그 날 저녁 경찰서 내에 있었을 게 틀림없었다. 다행히 우리는 그 혐의에서 벗어나 있었다. 나사못 할아버지도 마찬가지였다.

아빠와 볼프 부인은 또 한편으로 사설 탐정 허가를 받기 위해 애써 보기로 하였다.

아만다 X는 사설 탐정 허가를 받는 것은 그리 어렵지 않을 거라고 말했다. 하지만 아빠가 '황금 닻' 사건으로 심문을 받고 소송당하기 전에 사표를 내야 했다. 만약 아빠가 소송에서 지게 되면 사설 탐정 사무소를 허가받는 일은 아주 어려워질 거다.

아파트를 새로 단장하는 데 나사못 할아버지는 친구들의 손을 빌리기로 했고, 아만다 X는 영혼의 다과회 회원들에게 도움을 청하기로 했다. 그것은 좋은 생각이었다.

다음 날 학교 수업은 하나도 귀에 들어오지 않았다. 내 생각은 우리가 짠 계획 주위를 줄곧 맴돌았다. 아빠와 볼프 부인에게 청탁되는 사건들은 그리 많지 않을 거다. 하지만 아만다 X, 특히 작은꽃이랑 함께 한 아파트에서 살 수 있게 될 거라는 희망이 다른 걱정을 잊게 해 주었다.

쉬는 시간에 작은꽃과 나는 꼬마곰 젤리를 먹으며 눈앞에 펼쳐질 무지갯빛 미래를 상상했다. 너무 행복해서 그 일이 잘못될 거라고는 꿈에도 생각하지 않았다.

그런데 집에 도착하자 뜻밖의 일이 나를 기다리고 있었다. 아빠가 집에 있는 것이었다. 아빠는 식탁 앞에 아만다 X와 마주 앉아서 골치 아픈 표정을 짓고 있었다.

"아빠, 온종일 경찰서에 가 있는다고 하지 않았어요?"

"그쪽하고는 일 없으니 아무 말 마라! 놈들이 없어져 버렸으면 좋겠다!"

나는 아만다 X를 쳐다보았지만 아만다 X는 내 눈길을 피했다.

"도대체 무슨 일인데요?"

"아침에 파우어 형사와 바인라인 반장과 함께 조용히 얘기를 하려고 했다. 그런데 그들이 뭐랬는지 아니? 너도 들었어야 하는데. 마치 나를 흉악범 취급하더구나. 나는 그 사건과 아무 관계가 없다고 다섯 번은 더 말했다. 하지만 내 말엔 코방귀도 뀌지 않더구나. 그나마 릴리 라살만 내 말을 믿는 것처럼 보였어."

그 여형사는 아직도 아빠를 포기하지 않은 것 같았다. 얼마 후면 아빠가 그 여자를 다시는 보지 않게 될 거라서 마음이 놓였다.

"어쨌거나 경찰 일도 싫증이 났고 미련 없이 사표를 써서 바인라인 형사 반장의 책상 위에 던져 버렸다. 앉은 자리에서 사표를 수리하더군. 유감이라든가 건투를 빈다는 말도 없었어. 아, 한 마디 했지. 다시는 경찰서에서 얼굴 보는 일이 없었으면 한다나. 아무튼 경찰 자격으로는 안 된다는 거였어. 앞으로 반 년은 월급을 더 주겠지만 반 년 후엔 아파트도 비워 줘야 해."

"하지만 아빠는 '황금 닻'에 대해 뭔가를 캐내기로 했잖아요!"

"나도 안다."

아빠는 기죽은 목소리로 말했다.

"한순간에 모든 걸 날려 버려서 미안하다. 하지만 파우어 형사와 바인라인 반장이 얼마나 열받게 만들던지!"

"그 때문에 댁을 비난할 사람은 아무도 없어요. 사실 누구라도 그랬을 거요. 우리는 전화를 건 문제의 인물이 누군지 밝혀 내게 될 거예요. 그러니 우선 밥부터 먹자구요."

아만다 X는 아빠의 어깨를 두드리며 위로했다.

점심 식사는 매우 조용히 끝났다. 집 안은 유령이라도 나올 것처럼 고요했다. 수저 딸그락거리는 소리와 페넬로페가 코 고는 소리밖에는 들리지 않았다. 그 때 전화벨이 울렸다. 나는 깜짝 놀라 포크를 떨어뜨렸다. 아만다 X는 일어나서 거실로 뛰어갔다. 그리고 잠시 후 부엌으로 돌아와 아빠한테 말했다.

"나사못 영감이에요. 댁보고 즉시 권투 클럽으로 오라는군요. 흥미로운 뉴스가 있대요. 하지만 전화로는 도통 얘기를 안 하려고 하네. 나한테조차 말야! 고집불통 쭈그렁 영감탱이 같으니라구! 내가 교육을 시켜 놔야지."

"무슨 일 때문인지 힌트도 주지 않던가요?"

아빠가 물었다.

"전혀! 그래서 내가 화가 난 거라고요."

아빠는 일어섰다.

"그렇다면 그리로 가는 수밖에 다른 방도가 없군요. 뾰족한 수도 없잖아요."

"함께 가도 돼요, 아빠? 작은꽃도 거기에 있을 텐데. 오늘 권투 연습이 있거든요."

아빠는 어깨를 움츠렸다.

"나는 상관없다. 아만다 아주머니는요? 함께 안 가실래요?"

"그 고집쟁이 영감탱이한테? 아니, 사양하겠수! 또 시스터 X를 발코니에 혼자 두고 싶지 않아요. 페넬로페도 깨워야 되고. 아직 점심밥도 안 먹었다우."

나사못 할아버지와 작은꽃은 체육관에서 우리를 기다리
고 있었다. 귄터와 빌리, 발터 할아버지도 오르간의 파이프
처럼 나란히 서서 기다리고 있었다. 나사못 할아버지는 입
에 담배꽁초를 물고 헬리콥터 프로펠러처럼 빙빙 돌리고
있었다.
"대체 무슨 일이니?"
차에서 내리기가 무섭게 나는 작은꽃에게 물었다.
"우스운 일이야."
작은꽃은 그렇게만 말했다.
"어제 얘기했던 내 친구들이오."
나사못 할아버지가 작은꽃의 말을 가로막으며 말했다.
"이 사람들이 흥미로운 소식이 있다고 하는데, 자네들이
직접 설명해 주는 게 어떻겠나?"
발터 할아버지는 양복 주머니에서 삐죽 튀어나온 손수건
을 끄집어 냈다.
"댁이 그러니까, 카민스키 형사요?"
"형사였지요. 오늘 사표를 냈으니까요."
아빠가 고쳐 말했다.
"아, 그것 참 듣던 중 반가운 소식이군요. 내 말은……

흥미롭다는 거요. 에…… 그러니까 유감이라고 말하려던 거지요."

"'황금 닻' 술집 주인인 두 젊은이에 관한 거요."

빌리 할아버지가 친구를 곁눈질하면서 말을 이었다.

"여기저기 알아 봐도, 그 두 사람한테 짭새들, 에…… 그러니까 경찰들이 들이닥칠 거라고 경고해 준 사람을 아무도 모르는 것 같았소. 하지만 그 일이 지금 와서 그다지 크게 문제 될 것 같진 않아요. 오늘 그 자들이 석방됐으니까."

"석방요? 그들이 불법 도박을 했다는 증거가 버젓이 있는데도요!"

"바로 그거라오. 그 증거요."

귄터 할아버지는 양복 바지 멜빵에 엄지손가락을 갖다 걸치며 말했다.

"증거가 사라져 버렸어. 허공으로 날아가 버렸다고."

"그럴 리가! 어떻게 그런 일이?"

"글쎄 말이오. 들리는 소문으로는……."

발터 할아버지가 말했다.

"소문이라뇨? 무슨 소문요?"

내가 물었다.

"불법 도박은 빙산의 일각이라는 것뿐이야. 그 뒤에 뭔가 다른 게 있다는 거지. 경찰들이 '황금 닻'에서 압수한 서류들 속에서 뭔가를 발견한 게 틀림없어. 오늘 그 증거들을 검사한테 제시할 예정이었는데 없어져 버린 거야. 연기처럼.”

나사못 할아버지가 대신 대답했다.

“그리고 또 있지.”

조깅복 바지 호주머니 속으로 팔꿈치까지 두 손을 찔러 넣은 빌리 할아버지가 말했다.

“또 뭔데요?”

아빠가 외쳤다.

“‘황금 닻’ 주인들이 이번 사건을 둘이서만 벌인 게 아니라는 거요. 그러기에는 그 사람들이 너무 멍청하다는 거지. 공모자가 또 있다는 거외다.”

“불법 도박 말고 또 뭐가 숨겨져 있다는 거죠?”

내가 말했다.

나사못 할아버지는 어깨를 으쓱했다.

“나도 모르지. 하지만 뭔가 더 큰 게 있는 게 틀림없어.”

“그럼 전화 사건으로 아빠를 의심했던 일은 이제 조용해지겠네요. 범인들이 다시 풀려났다면 그들한테 미리 경고해 줬다는 일은 더 이상 중요하지 않을 테니까요.”

그러나 아빠는 두려운 빛을 띠며 고개를 저었다.

“아니, 이제부터가 시작이야.”

작은꽃은 권투 연습을 좀더 해야 했지만 나사못 할아버지가 우리와 함께 가도 좋다고 허락했다.

우리가 탄 차가 시내로 접어들었을 때 아빠가 갑자기 급브레이크를 밟았다.

"설마! 그럴 리가 없어."

아빠가 작은 소리로 말했다.

나는 아빠가 왜 그런 말을 했는지 곧 알게 되었다. 우리 집 앞에 경찰차 두 대가 버티고 서 있는 것이었다.

우리가 문을 열자마자 아만다 X가 나와서 우리를 맞았다. 아만다 X가 그렇게 당황한 모습은 지금까지 본 적이 없었다.

"카민스키 씨! 그 자들이 왔어요. 그 야만인 같은 자들이! 이해할 수가 없어요!"

아빠는 아만다 X의 팔을 붙들었다.

"좀 진정하세요! 대체 무슨 일이에요?"

"진정하라고요?"

아만다 X가 소리쳤다.

"나보고 진정하라고요? 수색 영장을 들고 와서 온 집 안을 벌집 쑤셔 놓듯 하는데 진정하라고?"

12. 억울한 누명

아빠는 잡고 있던 아만다 X의 팔을 놓고는 쏜살같이 계단을 뛰어 올라갔다.

"수색이라구요? 왜요?"

"글쎄, 그게 무조건 다짜고짜 들어와선, 그……그 자들이……."

"파우어 형사는 안 왔어요?"

"물론 왔고말고! 그 자가 제일 고약해! 그 팔인가 발인가 하는 사람도 같이 왔어."

아만다 X가 소리쳤다.

"바인라인이에요."

나는 이름을 바로잡아 주고 위층으로 뛰어 올라갔다.

아빠와 나 단둘이 살 때는 가끔 미안한 마음이 들기도 했다. 아파트 청소를 한 번도 제대로 한 적이 없기 때문이다. 하지만 경찰들이 눈 깜짝할 사이에 어질러 놓은 것처럼 둘이서 어지르려면 반 년으로도 부족할 것이다.

"정말 비열해!"

작은꽃의 울분에 찬 목소리가 곁에서 들렸다.

아빠는 파우어 형사 곁에 서 있었다. 릴리 라살 형사도 있었다. 아빠가 그렇게 화내는 모습을 나는 한 번도 본 적이 없었다. 나는 아빠가 금방이라도 파우어 형사에게 덤벼들지나 않을까 두려웠다.

"도대체 뭡니까! 또 뭐가 남은 거요? 사표를 냈잖아요! 그것으로도 모자란단 말입니까?"

"그건 이 일하고 전혀 상관이 없네. 우리는 수색 명령을 받았고, 그게 전부야."

"그게 전부라고? 말도 안 돼! 나를 끝장내고 싶은 거잖아요! 내가 부임하던 첫날부터 날 눈엣가시처럼 여겼잖아요!"

나는 달려가서 파우어 형사와 릴리 라살 형사에게서 아빠를 떼어 놓았다. 아빠가 주먹질을 할까 봐 겁이 났다.

"이리 와요, 아빠."

나는 될 수 있는 대로 조용히 말했다.

"바인라인 반장님을 찾아 봐요. 그 분은 틀림없이 모든
걸 설명해 주실 거예요."

그 때 경찰 한 명이 파우어 형사한테 허겁지겁 달려왔다.

"베란다에 양이 한 마리 있어요!"

경찰은 숨이 턱까지 차서 소리질렀다.

"그래서? 그건 불법이 아니잖아."

"하지만 그 양이 선글라스를 끼고 있는데요!"

"그게 나하고 무슨 상관이야! 그 양이 머리에 모자를 쓰
고 왈츠를 추든 말든 나하고는 상관없단 말일세! 계속 수색
해, 빌어먹을!"

파우어 형사는 꽥 소리를 질렀다.

"대체 저 사람들 뭘 찾는 거예요?"

작은꽃이 물었다.

"그걸 알면 얼마나 좋겠니."

아빠가 대답했다.

우리는 바인라인 형사 반장을 찾아 난장판이 된 집 안을
돌아다녔다. 넘어질 뻔한 게 수차례였다.

바인라인 반장은 침실에 있었다. 그는 경찰 하나가 코앞
으로 들이민 페넬로페를 들여다보는 중이었다.

"이게 뭐야?"

바인라인 반장이 흥분해서 물었다.

“이건 고양이 아닌가? 우리가 찾는 건 코를 고는 고양이
가 아냐!”

“도대체 뭘 찾으시는 겁니까?”

아빠가 외쳤다.

바인라인 반장은 고개를 돌렸다. 그는 아빠를 보자 당황
했다. 미안한 표정을 짓고 있었지만 우리가 당한 것에 비하
면 아무것도 아니었다.

“유감이네. 자네한테 이렇게까지 하고 싶지는 않았네만

어쩔 수가 없어."

그가 작은 목소리로 말했다.

"하느님 맙소사, 도대체 뭘 어쩔 수가 없단 말입니까?"

"수색 말일세. 제보가 들어왔는데 그냥 넘길 수 없었어. 익명이긴 했지만 심각하게 받아들이지 않을 수 없었네. 자네 아파트에 '황금 닻' 사건과 관련된 증거가 있을 거라는 제보였거든."

"증거라뇨? 헛소리예요! 털어도 먼지 하나 나오지 않을 걸요. 증거는 무슨 증거?"

"예를 들자면 여기 이거지!"

파우어 형사가 침실 문 앞에 서서 검은 가죽 서류철을 들어 보였다.

"그건 대체 어디서 났습니까?"

아빠가 핏대를 세우며 외쳤다. 바인라인 반장이 아빠를 붙들지 않았다면 아빠는 무서운 기세로 파우어 형사를 덮쳤을 것이다.

"자네, 이 서류철을 여기서 발견했나?"

바인라인 반장이 파우어 형사에게 물었다.

"예, 어느 서랍에서요. 잘 숨겨 놓지도 않았더군요. 이건 '황금 닻'에서 가져온 서류철입니다. 벌써 검토했습니다. 하지만 유감스럽게도 결정적인 페이지들은 없어진 것 같습니다."

바인라인 반장은 주먹으로 자기 허벅지를 내리쳤다.

"빌어먹을!"

그리고는 아빠 쪽으로 몸을 돌렸다.

"미안하네만 카민스키, 자넬 연행해야겠네. 증거물을 훔친 혐의야."

"싫어요, 안 돼요! 아빠, 뭐라고 말해 봐요!"

나는 왈칵 눈물이 쏟아졌다.

아빠는 내게 몸을 굽혔다.

"미안하다, 리키. 가지 않을 수 없구나. 영문은 알 수 없지만 곧 모든 게 밝혀질 거야. 그 동안 아만다 아주머니 댁에 가 있으렴."

"우리 집으로 데려갈게요."

작은꽃이 재빨리 말했다.

"자네 딸은 미성년일세. 이 아이는 아동복지국으로 보내질 거야. 그리고 그 곳에서 다시 공공보호시설로 보내지겠지."

파우어 형사가 말했다.

"무슨 얘기를 하는 거요? 빌어먹을……."

아빠는 또다시 파우어 형사에게 덤빌 기세였고 바인라인 반장은 다시 아빠를 뜯어말려야 했다.

"진정하게, 카민스키! 이럴수록 상황만 더 불리해져."

아빠는 바인라인 반장의 어깨를 붙들고는 흔들어 댔다.

"제발요, 반장님! 이미 나빠질 대로 나빠졌어요. 최소한 내 딸아이만은 가만 두세요."

"좋아. 자네 딸이 친구 집에서 지낸다면 눈감아 주겠네. 법에는 어긋나지만 자네를 위해 예외 하나쯤은 만들 수도 있지."

바인라인 반장이 한숨을 내쉬었다.

그 때 경찰 한 명이 오더니 아빠 손에 수갑을 채우려고 했다.

"그냥 놔둬, 바보 같으니!"

바인라인 반장이 경찰에게 소리를 질렀다.

"이 사람은 순순히 따라올 거야. 문제를 일으키지 않을 거라구. 안 그런가, 친구?"

"그래요. 하지만 더 이상 친구라고는 부르지 마세요."

아빠는 나직하게 말했다.

나는 창가에 서서 아빠를 태운 차가 떠나는 것을 바라보았다. 울고불고 난리를 쳐도 모자랄 것 같았지만 그렇게 하지 않았다. 아무 느낌도 없었다. 너무나 순식간에 모든 일이 벌어진 것이다.

작은꽃이 내 팔을 잡고 위로했다.

"안됐다, 리키. 뭐가 뭔지 하나도 모르겠어."

"나도 그래."

그렇게 말하고 나니 갑자기 울음이 북받쳐올랐다. 나는 더 이상 흘릴 눈물이 한 방울도 남지 않았을 때쯤 울음을 그쳤다. 속이 후련해졌다. 하지만 바뀐 것은 없었다. 사라진 서류가 우리 집에서 발견되었고, 아빠는 체포되었다.

"오해예요!"

아만다 X의 부엌 식탁에 앉기가 무섭게 내가 말했다.

"아주 비열한 함정일지도 모르지. 누군가가 너의 아빠를 희생양으로 만들려는 거야."

"하지만 누가요?"

"아직은 모르겠다. 일단 너희는 작은꽃 집으로 가려무나. 아파트를 청소하면서 조용히 생각 좀 해 봐야겠다."

볼프 부인과 나사못 할아버지도 무슨 일이 일어났는지 듣고 나서는 우리들처럼 소스라치게 놀랐다. 작은꽃과 아만다 X가 그랬듯이 그들도 반드시 모든 일이 잘 풀릴 거라고 위로해 주었다.

나사못 할아버지는 변호사를 선임하려고 했다. 만약 나 혼자서 이 일을 겪었더라면 도저히 생각해 낼 수 없는 일이었다.

작은꽃과 나는 저녁도 거르고 잠자리에 들었다. 배는 고프지 않았다. 불을 끈 후에도 나는 오랫동안 잠을 이루지 못했다.

벽에 걸린 채찍은 달빛을 받아 더욱 섬뜩하게 느껴졌다. 작은꽃은 벌써 잠들어 있었다. 내 옆에서 깊고도 조용하게 숨을 쉬는 작은꽃을 보며 나는 마음이 차츰 안정되었다. 그래도 작은꽃이 깨어 있었더라면 더 좋았을 텐데. 나는 작은꽃과 작은꽃의 아빠에 대해 이야기하고 싶었다. 작은꽃의 아빠와 우리 엄마에 대해 내가 품은 의심은 막연한 것이었는데도, 그 생각이 머릿속에서 떠나지 않았다.

다음 날 아침, 세상은 조금 더 밝아 보였다. 날씨는 화창했고 나는 서류철에 관한 오해가 곧 풀릴 거라는 희망을 품게 되었다.

부엌으로 들어갔더니 작은꽃네 가족들이 식탁 주위에 서 있었다. 몸을 굽히고 무언가를 열심히 들여다보고 있었는데, 뭔지는 잘 보이지 않았다.

"거기서 뭐 하세요?"

세 사람은 화들짝 놀라서 나를 돌아보았다. 들켜선 안 될 것을 들킨 사람들처럼 잔뜩 긴장하고 있었다. 호기심이 일었다.

나는 식탁으로 다가가 그들이 내 앞에서 감추려고 했던 것을 보았다. 그것은 '전직 경찰 체포!'라는 제목으로 대서 특필된 신문이었다.

그 밑에 사건의 전말이 작은 글씨로 씌어 있었다. 정말 최악이었다. 제발 학교 친구들이 이 신문을 보지 않았으면 하는 생각이 간절했다.

볼프 부인은 내 등을 어루만지며 위로했다.

"걱정 마라, 리키! 며칠만 지나면 모든 게 다 하룻밤 꿈처럼 잊혀질 거야. 그 때쯤엔 이런 신문 기사를 기억하는 사람도 없을 거고."

"네."

나는 그냥 그렇게 대답했다. 이상하게도 신문 기사 제목을 처음 발견했을 때보다 막상 기사를 읽고 난 후가 더 담담했다. 신문에서 보도한 내용은 이미 알고 있는 것이었다. 단지 내가 아빠의 결백을 분명하게 믿고 있다는 것, 그것만은 달랐다. 아마 그래서 그렇게 담담할 수 있었던 것 같다.

"귄터와 빌리, 발터에게 전화를 걸었단다."

나사못 할아버지가 말했다.

"그들이 여기저기 수소문을 해 보겠다고 하니 뭔가 건질 게 있을 거야. 학교가 끝나거든 권투 클럽으로 오너라. 그 때쯤 되면 들려줄 얘깃거리가 있을 테니까."

　반 아이들이 신문 기사를 재미있어하지 않기를 바랐던 내 희망은 물거품으로 돌아갔다. 학교 운동장으로 들어서는 순간 아이들의 눈초리가 나를 파고들었다. 아무도 입을 열지는 않았지만 무슨 일이 일어났는지 아이들이 모조리 알고 있는 눈치였다.
　라이머 선생님은 아이들보다도 조심성이 없었다. 물론 나쁜 의도는 아니었겠지만.
　"아, 뭐라고 위로의 말을 해야 할지 모르겠구나. 아빠한테 일어난 일 말이다, 리카르다."
　선생님은 문을 닫고 들어서자마자 온 교실이 다 들리도록 큰 소리로 말했다.
　"곧 모든 게 밝혀질 거야. 나뿐만 아니라 이 교실에 앉아 있는 친구들 모두가 카민스키 씨가 무죄라고 믿는단다. 우리가 네 걱정 하는 거 알지?"
　"고맙습니다."
　나의 '친구들'은 가만히 있었다. 아마도 내가 자기들을 믿고 있을 거라고 생각했겠지. 말썽꾸러기 후베르트조차 한 마디도 거들지 않았다. 그랬다가는 작은꽃의 주먹이 자기에게 날아오리라는 것을 확실히 알고 있을 테니까.

갑자기 머릿속에 한 가지 생각이 떠올랐다.

"율리아랑 넷째 시간에 조퇴해도 될까요, 선생님? 아빠한테 면회 가고 싶어요."

라이머 선생님은 침을 꼴깍 삼켰다. 그리고는 주저하다가 말했다.

"물론이지, 가렴."

하기야 선생님도 그렇게 대꾸하는 수밖에 없었을 거다. 분명히 선생님은 내 걱정을 하고 있다고 말했으니까!

우리는 넷째 시간에 학교를 빠져나와 권투 클럽으로 향했다.

"잘됐어. 두 시간은 번 셈이야."

"끔찍한 일이 일어나긴 했어도 뭔가 좋은 점도 있는 것 같아."

"너희 벌써 왔나?"

우리가 체육관 안으로 들어가자 나사못 할아버지가 놀라서 물었다.

"마지막 두 시간은 수업이 없어서요."

작은꽃이 시치미를 떼며 거짓말을 했다.

"운이 좋구나. 우리 소식통들이 벌써 와 있단다. 정말 뭔가를 알아 냈다지 뭐냐. 우선 밖으로 나가자. 아무도 엿들어선 안 되니까."

우리는 밖으로 나가서 체육관 입구의 계단에 걸터앉았다. 나사못 할아버지가 입을 뗐다.

"리키 아버지 사건이 수많은 파문을 일으키고 있다. 어딜 가든 그 얘기뿐이야. 하지만 워낙 서로 말이 달라서……. 그래도 사건 배후에 불법 도박만이 아닌 다른 게 숨겨져 있는 것만은 확실해. 경찰 녀석들이 '황금 닻'에서 압수한 서류들 속에서 또다른 범죄의 증거를 포착했다는구나. 일 년 전쯤 일어난 사건이라는데, 아직 오리무중이래. 그게 정확

히 뭔지 알아 내지 못했지만 큰돈이 걸린 일인 것만은 틀림
없어."

"은행을 털었다든지 뭐 그런 건가요?"

작은꽃이 물었다.

"그럴 수도 있지, 아직은 정확히 모른다. 하지만 빌리와
귄터, 발터가 다시 알아보러 나갔으니까 오늘 저녁에는 더
많은 걸 알게 될 거야."

"아빠도 알고 계실까요? 경찰이 아빠한테 말했을지도 모
르잖아요. 아빠는 벌써 심문을 받고 있을 게 틀림없어요."

"그럴 가능성도 있지."

나사못 할아버지는 말했다.

"감옥으로 아빠를 면회 갈 수 있나요?"

"못 갈 건 없지만 어른이 따라가야만 될 거다."

"그럼 할아버지가 같이 가 주실래요?"

나사못 할아버지는 세차게 머리를 흔들었다.

"싫어. 미안하지만 다른 사람을 찾아 보려무나. 감옥이라
면 진저리가 난다. 아만다 아줌마한테 물어 보거라. 그 할
망구는 호기심이 아주 많으니까 기꺼이 함께 가 줄 거야.
아까도 여기로 전화를 해서는 나보고 자기가 집에 있다고
전해 달라더라. 하지만 그건 허울 좋은 핑계고 그 구실로
내 친구들이 뭘 알아 냈는지 알아보려는 거였겠지."

"할아버지는 왜 그렇게 감옥에 과민 반응을 보이시니?"

나사못 할아버지와 작별 인사를 하고 난 뒤 내가 작은꽃한테 물었다.

"젊었을 때 한 번 나쁜 일을 저지르셨대."

작은꽃은 망설이면서 말했다.

나는 그냥 고개만 끄덕였다. 그 동안 호기심을 가져도 될 때와 호기심을 갖지 말아야 할 때를 분간할 수 있을 만큼 작은꽃을 잘 알게 된 것이다.

나는 아만다 X의 집으로 올라가는 계단을 정신없이 숨차게 달려 올라갔다. 나는 아만다 X에게 우리와 아빠 면회를 가 줄지 물어 볼 작정이었다.

늘 그렇듯이 아파트 문은 열려 있었다. 현관은 아주 조용했다.

"영혼의 다과회를 열고 있는 게 아닐까?"

작은꽃이 작은 소리로 물었다.

우리는 문을 살금살금 지나서 둥근 탁자가 있는 방으로 다가가 귀를 기울였다.

"무슨 소리 들리지?"

작은꽃이 속삭였다.

정말 무슨 소리가 새어 나오고 있었다. 그것은 나직한 휘파람 소리나 새가 지저귀는 소리 같았다.

13. 밤 10시의 습격 작전

"나는 날 수 있다!"

갑자기 누군가가 아주 큰 소리로 외치는 바람에 작은꽃과 나는 소스라치게 놀라 문에서 후닥닥 물러났다.

곧이어 둔탁한 울림이 들리더니 방문이 활짝 열리고 한 남자가 나왔다. 처음 아만다 X의 집을 찾아왔을 때 만난 수학 선생이었다. 그는 등을 꼿꼿이 세우고 걸어 나왔다. 그는 여전히 "랄랄라" 나직하게 흥얼거리고 다리를 절룩거리며 우리 곁을 지나 문 밖으로 사라졌다.

"도대체 무슨 일이에요?"

그 남자를 바로 뒤따라 나온 아만다 X에게 내가 물었다.

"수학 선생이 왔었다. 너도 알지, 자기가 카나리아라고

믿고 있는 수학 선생? 아마 곧 낫게 될 거야. 오늘 그 사람
한테 충격 요법을 썼거든. 하지만 생각했던 것만큼 먹혀들
진 않았어. 그 사람에게 만약 당신이 정말 카나리아라면 날
수 있을 거라고 말해 줬단다.”

“그래서요?”

작은꽃이 물었다.

“날았지. 탁자 주위로 한 번. 정말 마술처럼 멋졌어. 그런
다음에는 밑으로 쿵! 하고 곤두박질쳤지. 심하게 다치지
않았으면 좋겠는데.”

작은꽃과 나는 서로를 쳐다보았다. 우리는 그 일에 대해
아무 말도 하지 않기로 무언의 약속을 했다. 우리는 아만
다 X의 집에서 벌어지는 모든 일엔 단단히 각오하고 있어야
했다. 그런대로 이제 제법 익숙해져서 괜찮았지만 말이다.

“할아버지와 얘기했는데 정말로 불법 도박이 다가 아니
더구나. 그 뒤에 뭔가 더 있어.”

“우리가 여기 온 것도 그것 때문이에요. 아줌마가 우리
와 함께 감옥에 가 줄 수 있는지 물어 보려고요. 혹시 그 동
안 아빠도 알아 낸 일이 있을지 모르잖아요.”

아만다 X는 머리를 끄덕였다.

“그러기가 쉽겠지. 감옥에 한 번도 가 본 적이 없어서 한
번 가 보고 싶기도 했는데 잘됐군. 아마 흥미로울 거야.”

아빠를 방문하는 건 생각만큼 어렵지 않았다. 아만다 X
가 시스터 X를 집에다 두고 온 것이 많은 도움이 되었다.

감옥으로 들어가고 얼마 후 우리는 텅 빈 방 안에서 탁자
를 사이에 두고 아빠와 마주 앉게 되었다. 감시인 한 명이
몇 걸음 떨어진 거리에서 의심스러운 눈초리로 우리를 지
켜보고 있었다. 아빠는 걱정했던 것보다는 건강해 보였다.
하지만 어쩌면 우리와 만나게 된 기쁨에 들떠서 그렇게 보
이는지도 몰랐다.

"나는 괜찮으니까 걱정하지 마라. 다행히 다른 수감자들
과 따로 떨어져서 지낸단다. 경찰은 여기서 별로 환영받지
못하거든. 뭐 이제 나는 경찰도 아니지만 말이다."

"그 동안 뭔가 더 알아 낸 게 있어요?"

내가 물었다.

"물론. 내가 어떤 범죄에 연루됐다는 거야. 어느 별장에
서 일어난 보석 도난 사건이지."

아빠는 한숨을 쉬었다.

"바로 그거였어."

나도 모르게 입에서 그 말이 툭 튀어나왔다.

"무슨 뜻이니?"

"할아버지가 알아봤는데요. 불법 도박 말고도 뭔가가 더
있대요."

"정말 발이 넓은 양반이구나. 사실, 그건 일 년 전쯤 일어
난 절도 사건이야. 어느 부유한 공장주가 아주 값비싼 보석
들을 도둑맞았지. 그 사람 이름이 아주 우스웠는데, 아 그
래, 맞다! 자트('싫증났다'는 뜻의 독일어), 에른스트 자트!
'황금 닻'에서 압수한 서류들 속에서 그 절도 사건의 단서
가 발견되었어. 그리고 그것이 이번에 사라진 바로 그 증거
지. 그런데 미치고 팔짝 뛸 일은 내가 이 절도 사건을 자세
히 알고 있다고 말하는 거야. 공교롭게도 내가 이 곳으로
오기 전에 살았던 도시에서 그 사건이 일어났었거든. 더욱
기막힌 건 사건 담당자가 나였다는 거지."

"아저씨가요?"

작은꽃이 물었다. 아빠는 침통한 얼굴로 머리를 끄덕였다.

"그래, 운도 없지. 그러니 증거들이 사라지자 곧장 내게
화살이 돌아온 거란다. 그 때 멍청이같이 경찰서로 가지만
않았어도 좋았을걸! 그들은 내가 그 틈을 타서 서류를 가져
갔다고 주장하고 있어."

"하지만 댁이 훔친 게 아니라면 어떻게 댁의 아파트에 서
류가 버젓이 놓여 있었던 거죠?"

아만다 X가 물었다.

"낸들 알겠습니까? 누군가 나 몰래 거기에 가서 끼워 넣
은 게 분명해요. 어쩌면 수색을 하는 동안 그랬는지도 모르

지요."

"경찰 짓이란 얘기예요?"

내가 소리쳤다.

"믿기 싫지만 그런 것 같아. 여기 앉아 곰곰 생각해 봤는데, 모든 게 맞아떨어져. 내 사무실 전화를 사용한 것하며, 내게 덮어씌우려고 내가 벌인 짓처럼 꾸민 것도 그렇고, 우리 집에 몰래 서류를 갖다 놓은 것도 경찰 내부 소행이 아니면 그럴 수가 없어."

"심증이 가는 사람이라도 있수?"

아만다 X가 물었다.

"물론 있지요. 파우어 형사요! 나한테 뒤집어씌우려고 온갖 짓을 나 하고 있어요."

"하지만 그럴 이유가 없잖수. 그렇게 해서 그 사람이 얻는 게 뭐요?"

아빠는 크게 웃었다.

"그야 뻔하죠. 돈이요. 그가 이 사건에 얽혀 있는 게 분명해요. 그래서 자신에게 혐의가 돌아오지 않게 하기 위해 희생양이 필요했던 거죠. 그는 아주 엄청난 돈을 챙길 거예요. 보석을 도둑맞았을 당시 보험회사에서 약 백만 마르크나 되는 돈을 지불했거든요. 암시장에 내다 팔면 그 정도 값을 받지는 못하겠지만, 그래도 상당한 값을 받을 겁니다.

보석은 아직 행방이 묘연해요. 어디에 숨겨져 있거나 분해
해서 하나씩 팔아 넘겼거나 했겠지요. 이 곳 경찰이 보험회
사에 보석 사진을 보내 달라고 요청했는데, 아직 도착하지
는 않았어요. 아마 그것도 파우어 수중으로 들어갔을 거예
요. 중간에 빼내서 없애 버렸겠지요. 그가 범행을 직접 저
질렀는지 아니면 범인들을 보호해 주는 대가로 한 몫 챙겼
는지는 잘 몰라요. 하지만 이 일에 손을 대고 있는 것만은
확실하죠!"

"아주 중대한 발언이군요. 그걸 증명하는 게 급선무인데."

"나도 압니다. 아직 내 생각을 아무한테도 얘기 안 했어
요."

"어쩌면 우리가 증거를 찾을 수도 있을 거예요. 할아버
지가 분명히 도와주실걸요."

작은꽃이 말했다

"솔직히 나도 그러기를 바란다."

우리는 감옥에서 나와 권투 클럽이 있는 체육관으로 향
했다. 햇빛을 받으며 오토바이를 타고 가니 기분이 좀 나아
졌다. 그리고 이제 우리가 어떤 상황에 놓여 있는지를 정확
히 알게 되었다. 우리는 아빠가 별장의 보석 도난 사건과는
무관하다는 것을 증명해야만 했다. 눈앞에 한 가지 목표가

생기고 나니 왠지 모르게 마음이 평온해졌다.

　나사못 할아버지는 권투 클럽 안에 없었다. 우리는 즉시 작은꽃의 집으로 방향을 틀었다.

　"다들 와서 다행이다."

나사못 할아버지는 우리가 들어가자 반색을 했다.

　"들려줄 얘기가 너무 많아."

　"우선 안으로 들어오라고 해요, 아버지."

볼프 부인이 말했다.

　"아버진 어떠시니? 고생이 심하시던?"

볼프 부인은 걱정스런 얼굴로 내게 물었다.

　"괜찮으세요. 아빠는 다른 죄수들하고는 떨어져 있어요. 아버지가 어떤 혐의로 들어갔는지 알았어요."

　"그거 긴장되는걸."

나사못 할아버지가 말했다.

　"예상대로 불법 도박 때문만은 아니더군요."

아만다 X가 말했다.

　"내 그럴 줄 알았어! 난 그 뒤에 뭐가 숨겨져 있는지 알지!"

나사못 할아버지가 아만다 X의 말을 막으면서 말했다.

　아만다 X는 두 주먹을 허리춤에 갖다 대고 꼿꼿이 몸을 세웠다.

"그럼 어디 풀어놔 봐요. 들어 봅시다. 모든 것을 다 안다는 말투구료!"

"다는 아니요! 하지만 거의 모든 것을 알아 냈지! 일 년도 전에 일어났던 절도 사건이요! 그 때 없어진 물건은 아직 행방이 묘연하고!"

나사못 할아버지는 큰 소리로 말하고는 승리를 자랑하듯 입에 문 담배꽁초를 허공으로 한껏 쳐들었다.

아만다 X는 고개를 까딱했다.

"아하! 나쁘지는 않군요. 그렇다면 도둑맞은 게 뭔지도 알겠네요. 당시 그 사건을 다룬 형사가 누군지도 알 수 있겠고."

"아 아니, 아니, 그렇게 자세하게는 모르지."

나사못 할아버지는 당황하며 당당하던 기세를 꺾었다.

"그 물건은 백만 마르크나 나가는 보석이에요. 보석은 지금까지 잠수 중이죠. 문제는 그 사건 담당자가 바로 카민스키 씨였다는 거예요."

담배꽁초가 나사못 할아버지의 아랫입술에 처량하게 걸렸다.

"곤란하게 됐군."

"그래서 파우어 형사는 아빠도 그 절도에 가담했을 거라고 믿고 있어요."

"이건 절대 우연이 아니야. 누군가 작정하고 네 아빠를
끌어들인 거야."

볼프 부인이 말했다.

"아빠도 그렇게 믿고 있어요. 그래서 파우어 형사를 의
심하는 중이에요."

나사못 할아버지가 갑자기 두 손을 들어올렸다.

"좀 기다려 봐! 너희 아빠 말로는 '황금 닻' 주인들이 경
고를 받은 후에 도망쳤다가 바로 돌아왔다고 했지?"

나는 머리를 끄덕였다.

"예, 그렇게 말했어요."

"아마 훔친 물건과 관련이 있을 거야. 먼저 보석을 빼돌
린 후 '황금 닻'에서 다시 뭔가를 갖고 나오려고 했겠지. 그
반대이거나."

"아뇨, 그 반대일 가능성은 없어요. 경찰이 건물을 샅샅
이 뒤졌잖아요. 보석이나 거액의 돈이 숨겨져 있었다면 분
명히 찾아 냈을 거요. 경찰은 머리카락 한 올까지 수색을
하니까. 겪어 봐서 알아요."

아만다 X가 말했다.

나사못 할아버지는 턱을 긁적거렸다.

"음, 경고 전화를 받은 후 얼마 안 있어 경찰이 덮쳤으니

까 시간이 별로 없었겠군. 그러니 보석을 어디에 치웠다고 해도 대충 숨길 수밖에 없었겠지. 그렇다면 보석을 술집으로 다시 가져오거나, 더 안전하게 숨기기 위해 숨겨 둔 장소로 간다는 결론이 나와."

"한번 그 곳을 살펴봐야겠군요. 시스터 X하고 말이에요."

나사못 할아버지는 자기 이마를 탁 쳤다.

"당신 정말 나사가 풀린 것 아뇨? 당신 혼자선 아무것도 발견하지 못해요. 게다가 너무나 위험하단 말이오. 더군다나 양까지 데리고 간다니! 완전히 미친 짓이오."

"아버지, 그렇게 무례하게 말씀하지 마세요! 아만다 아주머니는 카민스키 씨를 도와주려는 거예요."

"나도 그러고 싶다. 자기 좋은 대로 하면 될 것 아니냐."

나사못 할아버지는 투덜거렸다.

"좋아요. 그럼 내일 저녁에 하기로 하지요. 예전에 술집에 가서 본 적이 있어요. 뒷문이 있더군요. 볼프 부인, '황금 닻'에 손님들이 많은 시간이 언제요?"

아만다 X가 물었다.

"저녁 일곱 시에 가게문을 열지만 그 때는 손님이 별로 없어요. 열 시쯤이 북새통이죠."

"좋아요. 그 때쯤이면 어둡겠군요. 그럼 내일 밤 열 시로 합시다."

"우리도 함께 갈래요."

내가 외치자, 작은꽃이 나를 툭 쳤다.

"그 사람들이 우리를 발견하면 어떡하려고?"

"뭐 어때. 아만다 아줌마가 함께 있을 텐데."

"안 돼, 안 된다. 이렇게 앞서 간다니까. 너희는 집에 얌
전히 있어. 할아버지와 내가 함께 갈 테니."

볼프 부인이 말했다.

나사못 할아버지는 눈을 크게 뜨고 볼프 부인을 바라보
며 말했다.

"게르다, 내가 아는 너는 그런 사람이 아닌데."

"카민스키 씨를 생각하세요, 아버지."

볼프 부인은 고집스럽게 말했다.

"그리고 아만다 아주머니도 생각해야죠. 우리 둘이 내일
밤 열 시 전에 '황금 닻'으로 갈게요. 주인들의 관심을 다른
데로 돌려놓을 테니 그 동안 아만다 아주머니는 그 곳을 살
펴보세요."

"어쨌든 난 아줌마와 함께 갈 거야."

침대로 자러 가면서 내가 말했다.

"안 무서워?"

"무서워. 하지만 아빠를 도와야 해. 어쩌면 아줌마가 보

지 못하는 걸 내가 발견할지도 모르잖아. 네가 무서워서 함께 못 가더라도 섭섭해하지 않을게. 하지만 나는 갈 거야."
"좀 생각해 보고."
작은꽃은 말하고 나서 눈을 감았다.
내가 설핏 잠이 들었을 무렵 작은꽃이 나를 툭 쳤다.
"함께 갈게, 잘 자!"

다음 날은 시간이 너무 느리게 흘러갔다. 나는 어른들이 '황금 닻'으로 출발할 때까지 몇 번이나 시계를 들여다보았다. 아만다 X와 볼프 부인과 시스터 X는 부비를 타고 떠났고, 나사못 할아버지는 자전거를 타고 부지런히 뒤쫓아갔다. 할아버지는 시스터 X와 함께 사이드 카에 타는 것을 끝끝내 사양했다.
작은꽃과 나는 집에 남아 적당한 때를 기다렸다. 우린 지하실로 내려가 자전거를 갖고 왔다. 다행히 볼프 부인이 타는 자전거가 있어서 나는 그것을 타기로 했다.
'황금 닻'까지 가는 길은 대수롭지 않을 거라 생각했는데, 막상 그 곳에 도착했을 때는 벌써 열 시가 다 되어 가고 있었다. 부비가 길 한쪽에 서 있는 것이 보였다. 아만다 X는 안에 들어가 있는 게 틀림없었다.
우리는 자전거를 '황금 닻' 옆집 입구에 세워 놓고 살금

살금 마당 안으로 들어갔다. 집 뒤쪽에 입구가 있다면 그곳을 통해 집 안으로 들어갈 수 있을 거라는 기대에서였다.

마당으로 가 보니 아만다 X가 막 어떤 문을 향해 다가가고 있는 게 보였다. 시스터 X가 먼저 우리를 알아챘다. 시스터 X는 우리 쪽을 바라보더니 아만다 X를 툭 쳤다. 아만다 X가 곧바로 우리 쪽으로 몸을 돌렸다.

"대체 여기서 뭘 하는 거냐? 따라오지 말라고 했잖니?"

"아빠 일인데 얌전히 침대에 들어가 잠이나 잘 거라고 생각했어요?"

내가 목소리를 낮춰 대꾸했다.

아만다 X는 잠시 나를 바라보다가 어깨를 움찔했다.

"여기까지 왔으니 어쩔 수 없지. 그래도 눈 네 개보단 여덟 개가 나을 테니까."

술집 뒤쪽의 입구는 어둠침침한 통로로 이어져 있었고, 거기에는 여러 개의 문이 나 있었다. 아만다 X는 셜록 홈스 뺨 칠 만큼 좋은 시간을 골라 잡은 것이다.

"이건 철문이니까 냉장실이나 식품 지하실로 통할 거야. 옆에 있는 문은 너무 낡았으니 잡동사니를 넣는 창고쯤 되겠지. 저 뒤쪽에 있는 문 뒤에는 우윳빛 유리창이 있는데, 사무실 문처럼 보이는구나."

아만다 X는 말을 마치기가 무섭게 그쪽으로 다가갔다.

우리들은 시스터 X와 함께 아만다 X의 뒤를 따랐다. 사무실 문은 잠겨 있었다. 아만다 X는 호주머니에서 뭔가를 꺼내더니 열쇠 구멍을 이리저리 쑤셔 댔다. 너무 깜깜해서 무엇으로 문을 여는지 잘 보이지가 않았다. 곧 문이 열렸고, 아만다 X는 문을 열었던 물건을 호주머니 안으로 다시 집어 넣어 버렸다.

사무실은 여느 사무실과 똑같았다. 두 개의 책상과 몇 개의 서류철이 꽂힌 책장과 탁자가 놓여 있었다. 벽에는 달력 한 개와 반나체의 여자들 사진이 들어 있는 포스터가 몇 장 붙어 있었다.

"보나마나 남자들 사무실이야. 술집 주인들이 쓰고 있겠지. 호랑이 굴에 들어온 셈이군! 먼저 책상 서랍을 뒤져 보자. 그 다음엔 서류철들을 찾고. 어서 시작하자!"

내가 책상 하나를 맡고 작은꽃과 아만다 X가 함께 다른 책상을 맡아 뒤지기 시작했다. 시스터 X는 방 한가운데 서서 선글라스 너머로 우리를 지켜보고 있었다.

책상 위에는 스케줄이 적힌 탁상용 달력이 놓여 있었다. 아만다 X가 달력에서 힌트를 얻어 '황금 닻' 수색 작전을 눈치챈 일이 문득 떠올랐다.

달력에 적어 놓은 메모들 중에 눈에 띄는 것은 없었다. 대개는 무슨 말인지조차 읽을 수도 없었다. 나는 다음 날

일정이 적힌 달력을 넘겨 보았다.

'P'라는 글자가 한눈에 들어왔다. 그 글자는 오후 4시와 5시 사이에 있었다.

"아줌마! 작은꽃! 빨리 와 봐요!"

거의 동시에 그들이 내 곁으로 다가왔다. 나는 그 문자를 가리켰다.

"흥미롭군. 하지만 섣불리 판단하기엔 아직 일러. 계속해서 다른 걸 찾아 보자."

아만다 X가 말했다.

작은꽃은 다시 몸을 돌려서 자기가 뒤지던 책상 쪽으로 다가가다가 그만 휴지통을 발로 차고 말았다. 운 나쁘게도 쇠로 된 휴지통이었다. 쥐 죽은 듯 고요하던 실내에 거대한 쇠들보가 바닥으로 떨어지는 것 같은 소리가 났다.

모두 선 채로 얼어붙었다. 아만다 X와 작은꽃은 쇼 윈도에 세워 놓은 마네킹처럼 꼼짝도 안 했고, 나는 숨조차 제대로 쉴 수 없었다. 잠시 동안 적막이 감돌았다. 어디선가 뚜벅뚜벅 발소리가 들려왔다. 그것은 점점 가까이 다가오고 있었다.

200

14. 4시와 5시 사이의 P

"누가 와요!"

작은꽃이 작게 외쳤다. 하지만 목소리를 제대로 죽일 수는 없었던 모양이다.

"들켰나 봐요!"

"저기 창문이 있다! 복도로는 빠져나갈 수 없어!"

"하지만 저기로 어떻게 나가요?"

내가 조그마한 소리로 대꾸했다.

"할 수 있어, 우린 해낼 거야! 거기 그대로 있어라."

아만다 X는 아주 침착하게 말했다. 그리고 시스터 X에게로 다가가더니 번쩍 들어 문 쪽으로 머리를 돌려놓았다. 그리고 나서 아주 잠깐 동안 선글라스를 벗겼는데, 아쉽게도 우리에게서 등을 돌리고 있어서 시스터 X의 선글라스 벗은 모습을 볼 수 없었다. 그 대신 다른 일이 일어났다. 전에 시스터 X는 아주 작긴 하지만 억눌린 듯이 쌕쌕거리는 소리를 내곤 했는데, 선글라스를 벗기자 완전히 잠잠해졌다. 그처럼 조용한 순간은 태어나서 처음이었다. 나는 숨이 턱 막혔다.

"어서 나가야 해!"

아만다 X는 시스터 X에게 다시 선글라스를 씌우며 명령했다. 그리고 우리 옆을 지나 창문을 열어 젖혔다. 작은꽃이 먼저 움직였다. 그 애는 번개처럼 마당으로 뛰어내렸다. 내가 미적거리자 다음에는 아만다 X가 창문턱으로 올라섰다. 아만다 X를 따라 뛰어내리기 직전에 달력 옆에 놓여 있는 작고 검은 수첩 한 권에 내 눈길이 멎었다. 재빨리 그것을 움켜쥐고 아무도 모르게 호주머니 속에 찔러 넣었다.

"빨리 나오너라, 빨리!"

아만다 X는 시스터 X가 창문으로 기어나오려고 발을 올리는 것을 보고 소리쳤다. 단숨에 그 양은 창문턱을 뛰어넘어 마당 위에 우뚝 섰다. 아만다 X는 조심스럽게 밖에서 창문을 밀어 닫았다.

"가자, 서둘러!"

아만다 X는 우리에게 외치고는 달려갔다.

뛰는 동안 다시 곁에서 쌕쌕거리는 소리가 들려 왔다. 잠시 귀머거리가 되었다가 정상으로 돌아온 듯한 느낌이었다.

우리는 뒤도 돌아보지 않고 오토바이가 서 있는 장소까지 내달렸다. 그리고 어두컴컴한 집 현관으로 몸을 숨기고 주위를 살폈다. 우리 뒤를 따라오는 사람은 없는 것 같았다.

"정말 미안해요! 내가 모든 것을 망쳐 놨어요! 차라리 집에 있을 걸 그랬나 봐요."

아만다 X가 눈짓을 했다.

"뭘 그러니! 걱정하지 마라. 누구나 실수는 하는 법이야. 게다가 아주 소득이 없었던 건 아니잖니!"

"P자 말예요?"

내가 물었다.

"그래, 어쩌면 그게 실마리일지도 몰라."

나는 아만다 X에게 아까 슬쩍 집어 온 수첩에 대해 얘기할까 생각했다. 하지만 우선은 나 혼자 알고 있기로 했다. 그건 어른들이 우리를 함께 데려가지 않은 데 대한 유치한 복수심 같은 거였다.

"그나저나 어떻게 여기 온 거니?"

"자전거로요. 자전거는 '황금 닻' 옆집 입구에다 세워 놨어요."

작은꽃이 대답했다.

"그럼 빨리 가져오너라, 어서 집으로 가자. 서두르면 엄마나 할아버지 모르게 집에 돌아갈 수 있을 거야."

"그런데 아만다 아줌마."

나는 궁금해서 못 참을 지경이 되었다.

"시스터 X에게 어떻게 했길래 갑자기 조용해진 거예요? 복도에서 나던 발소리도 더 이상 들리지 않았어요."

"맞아요! 나도 이상하다고 생각했어요. 아, 정말 소름이 확 끼쳤어요."

작은꽃이 소리쳤다.

"너희가 내 고객이라면 시스터 X의 초자연적인 힘에 대해 말해 주었을 거야. 시스터 X는 진짜 이 세상의 존재가 아니니까. 하지만 지금으로선 그저 약간의 속임수라고밖엔 할 말이 없구나."

아만다 X는 그렇게 말하고는 살짝 윙크를 했다.

자전거를 세워 놓은 곳으로 걸어가면서 작은꽃이 말했다.

"약간의 속임수? 그건 약간의 속임수가 아니라 그 이상이었어."

나도 말했다.

"분명히 그랬어. 하지만 그게 무엇이었는지는 별로 정확히 알고 싶지 않아."

우리는 어른들이 돌아오기 전에 침대 속으로 들어가는
데 성공했다.

볼프 부인이 우리가 자는지 살펴보려고 어두운 방 안을
들여다보고 나간 후 우리는 침대에서 기어나와 방문을 조
금 열어 놓았다.

"난 심장이 멎는 줄 알았어요! 처음에는 착착 풀려 나갔
어요. 내가 다시 일하고 싶다는 듯이 행동했더니 주인들은
감옥에서 풀려난 얘기를 자랑 삼아 늘어놓더군요."

볼프 부인이었다.

"그 자들, 척 보니 멀리서도 사기꾼이라는 것을 알겠더
군. 흰 양복에다가 갈색으로 그을린 피부며, 금목걸이까지
몽땅 다! 달콤한 참외처럼 겉으로는 그럴싸해 보여도 머릿
속은 텅 비었을 거야. 텔레비전에 나오는 사람들처럼 말
야!"

나사못 할아버지가 말했다.

"그런데 갑자기 뭔가 부딪치는 소리가 나는 거예요. 한
명이 즉시 집 뒤로 뛰쳐나가더군요. 그 틈에 도망갈까 싶었
는데, 그러면 들통날 것 같아 조마조마하더라구요. 게다가
한 명이 아직 우리 곁에 들러붙어 있었으니까요. 다행히 밖
을 살피러 갔던 사람이 돌아와서는 고양이 소리라고 말하

더군요. 그 자들이 새 웨이트리스를 구했다고 하길래 작별 인사를 하고 빠져나왔어요. 그런데 아주머니는 뭘 좀 건지 셨나요?"

볼프 부인의 말에 아만다 X가 대답했다.

"우리는, 아니, 나는 별 소득이 없었어요. 탁상 달력에서 내일 날짜로 어떤 약속이 있다는 것만 발견했는데, 거기에 대문자로 P가 적혀 있었지."

어른들이 주고받는 이야기를 엿들어 보니 일이 잘 풀린 모양이었다. 나는 침대로 들어가 작은꽃의 옆에 누워 다리 를 뻗었다. 훔쳐 온 수첩에 어떤 비밀이 숨겨져 있는지 아 직 펼쳐보지는 못했다. 작은꽃은 그 수첩의 존재에 대해서 는 꿈에도 모르고 있다. 하지만 지금은 시간도 너무 늦었 고 지쳐서 수첩을 펼칠 기운이 없었다. 내일 작은꽃과 자 세히 살펴봐야지.

나는 작은꽃을 바라보았다. 그 애는 등을 돌리고 누워 있 었다. 벌써 잠이 든 걸까? 순간 작은꽃의 어깨가 들썩거렸 다. 작은꽃 쪽으로 몸을 굽히고 들여다보는데 훌쩍거리는 소리가 들렸다. 나는 살며시 그 애 어깨 위에 손을 올려놓 았다.

"왜 그래? 무슨 일 있니?"

"아무것도 아냐."

작은꽃은 숨을 몰아쉬며 대답했다.

"그런데 왜 우는 거야?"

작은꽃은 갑자기 벌떡 일어나 앉았다. 그 바람에 그 애 어깨에 하마터면 턱이 받힐 뻔했다.

"내가 모든 걸 망쳐 놔서 그래!"

작은꽃은 이렇게 외치고는 주먹으로 이불을 내리쳤다.

그 애의 얼굴 위로 굵은 눈물 방울이 떨어졌다.

"나 때문에 엄마와 할아버지까지 위험해질 뻔했어. 그런데도 우리가 얻은 게 뭐니? 아무것도 없잖아!"

내 친구는 정말 키하고 덩치만 컸지 순전히 울보였다.

나는 그 애의 팔을 지그시 눌러 잡았다.

"절대 그렇지 않다고 말하고 싶은데."

"그게 무슨 소리야?"

작은꽃은 놀라서 눈물을 닦고 나를 쳐다보았다.

나는 일어나서 벗어 놓은 옷으로 가서 호주머니에서 작은 수첩을 꺼냈다. 바라던 대로 그것은 주소록이었다.

나는 침대 이불 밑으로 기어들어가 작은꽃의 코앞에 그것을 들이밀었다.

"이것 봐! 내가 아까 사무실에서 집어 온 거야."

"정말? 그러다가 그 사람들이 없어진 걸 알면 어쩌려구?"

"그래 봤자지 뭐! 누가 훔쳐갔는지 알게 뭐야? 혹시 손전

등 있니?"

작은꽃은 앞으로 몸을 굽히더니 침대 밑을 더듬었다.

"밤에 혹시 나가야 할 때를 대비해서 늘 여기에 놓아 둬."

"이쪽으로 불을 비춰 봐."

나는 작은 수첩을 조심스럽게 넘겨 나갔다. 수첩에는 주소와 전화번호들이 빽빽하게 적혀 있었다. 만약 경찰에 사기꾼들을 신고한다면 이 수첩은 좋은 증거 자료가 될 게 분명했다. 하지만 나는 그러기 전에 우선 확인하고 싶은 게 있었다.

"너, 이름이 K로 시작되는 쪽은 왜 살펴보는 거야? 혹시 그 사람들이 너희 집 전화번호를 갖고 있을까 봐서?"

"아니, 그냥 확실히 알아두고 싶은 것뿐이야."

나는 생각을 들킨 것이 부끄러웠다. 하지만 우리 집 전화번호가 그 수첩에 적혀 있는지 궁금한 건 사실이었다. 나는 아빠를 믿었다. 그러면서도 확인해 보고 싶은 충동을 억누를 수가 없었다. 아빠가 언젠가 이런 말을 한 적이 있었다. 사람이 일단 감옥에 갇히게 되면 그가 유죄든 무죄든 대부분의 사람들은 그를 죄인으로 간주하기 쉽다고. 나는 일일이 모든 전화번호를 확인하며 혹시나 K로 시작되는 게 없는지 살펴 나갔다. 하지만 우리 집 전화번호는 눈을 씻고 찾아 봐도 없었다. 작은꽃이 나를 나무랐다.

"당연한 것 아냐? 이제 P자를 살펴봐."

내가 수첩을 한 장 넘기자마자, 마치 오랫동안 발견되기를 기다리고 있었던 것처럼 번쩍 하고 눈에 들어오는 것이 있었다.

작은꽃이 너무나도 흥분하는 바람에 나는 그 애가 내 무릎 위로 졸도하지나 않을까 걱정스러웠다.

"P자야. 아까 달력에 씌어 있던 것과 똑같아. 그리고 전화번호가 하나 있어. 너 혹시 아는 번호니?"

"확실히는 모르겠어. 아빠 사무실 번호도 이것과 비슷했던 것 같은 생각이 들어. 하지만 자세히는 모르겠다. 아빠가 그 사무실에 나간 지 얼마 안 됐잖아. 나도 아빠에게 한 번밖에 전화를 안 걸었구."

"P자가 혹시 파우어 형사의 첫 글자는 아닐까?"

그것은 내가 달력 속에서 처음 그 글자를 발견하던 순간부터 생각하고 있던 가능성이었다.

"그냥 우연일까?"

"나는 우연 같은 건 안 믿어!"

나는 문득 등 뒤의 벽에 걸려 있는 채찍을 생각했다.

"우리가 해야 할 일이 뭔지 알고 있니?"

작은꽃의 눈이 반짝 빛났다. 그 애의 눈에서 눈물은 이미 메말라 있었다.

"학교 근처에 공중 전화 부스가 있어. 내일 아침에 거기
에서 이 전화번호로 전화해 보자!"

우리는 꼬마곰 젤리를 씹으며 용기를 내 보려고 애쓰고
있었다. 하지만 한동안 전화 부스 앞에 선 채 안으로 들어
갈 결정을 못 내리고 있었다.
드디어 내가 전화번호를 불러 주자 작은꽃이 덜덜 떨리
는 손으로 번호를 눌렀다. 번호를 다 누르고 난 후 작은꽃
은 수화기를 내 손에 꾹 쥐어 주었다. 나는 수화기를 귀에
갖다 댔다. 몇 번 신호가 가더니 잠시 멈췄다. 그리고 다시
신호가 울렸다. 두 번째 신호음이 떨어질 때 수화기를 드는
소리가 났다.
"네, 파우어입니다."
덜커덕, 나는 수화기를 전화기 고리에 내리꽂고 말았다.
"왜 그래?"
작은꽃이 외쳤다.
"파우어 형사야."
나는 겨우 대답했다.
작은꽃은 전화 부스에 풀썩 등을 기댔다.
"이제 보니, 너희 아빠가 옳았어. 맙소사, 리키! 그게 증
거야!"

나는 손사래를 쳤다.

"그것만으로는 모자라. 생각 좀 해 봐. 어느 사무실에 몰래 침입해서는 탁상 달력에 P라는 글자가 씌어 있는 것을 보았어. 하지만 그 글자는 이미 지워져 버렸을지도 몰라. 그리고 이 주소록은 내가 거기서 가져오긴 했어도 주인이 누군지 이름조차 안 씌어 있어. 이 수첩에 파우어 형사의 전화번호가 있다고 해서 그게 뭘 증명할 수 있겠니? 우리가 직접 써 넣었다고 몰아붙이면 할 말이 없잖아."

작은꽃은 발을 동동 굴렀다.

"빌어먹을! 듣고 보니 그렇네. 그럼 어떡하지?"

"아빠한테 가서 모조리 털어놓는 게 좋을 것 같아. 하지만 어른 없이는 면회가 안 되겠지. 방과 후에 아만다 아줌마한테 가야겠어."

"정말 프로들이구나!"

아만다 X는 소리를 치면서 손뼉을 쳤다.

"그런데 왜 어제는 주소록에 대해 한 마디 말도 없었니?"

나는 어깨를 으쓱했다.

"나도 몰라요. 우리 손으로 해내고 싶었는지도 모르죠."

"그래. 그렇다면 성공했구나. 하지만 네 말대로 파우어 형사의 사무실 번호가 수첩에 있다는 것만으로는 아무것도 증명이 안 돼. 아무리 법정에서 떠들어 봐야 소용 없지."

"아줌마는 그 번호가 그의 사무실 번호라는 것을 어떻게 증명할 생각이죠?"

작은꽃이 물었다.

아만다 X는 일어서더니 밖으로 나갔다. 그리고 전화번호부를 갖고 다시 들어왔다.

"여기 있구나. 한스 오토 파우어. 형사. 흥, 자기 직업까지 전화번호부에 기입하게 했군. 거드름 피우기 좋아하는 사람 같으니. 하지만 이 번호는 수첩에 있던 게 아닌데! 어디 경찰서 번호에는 뭐라고 씌어 있는지 좀 보자. 그래, 바로 이거다! 앞의 번호 네 개는 일치한다. 다른 세 개의 번호는 분명히 구내 전화번호일 거야."

"아빠한테 가서 얘기해 줄까요? 굉장히 기뻐할 거예요."

아줌마는 생각에 잠겨 시계를 바라보더니 말했다.

"그러기에는 너무 늦었어. P자는 네 시와 다섯 시 사이에 씌어 있었고 지금은 두 시야. 최악의 경우 앞으로 두 시간밖에는 시간이 없어. 우린 술집 주인들이 네 시에 무슨 일을 하는지 누구와 만나는지를 관찰해야 된다."

"이번에는 우리도 데려갈 거죠? 이걸 알아 낸 것도 우리잖아요."

"엄마와 할아버지가 안 된다고 할 거야."

아만다 X는 작은꽃의 말에 머리를 끄덕였다.

"아무래도 그렇겠지. 잔꾀를 부리는 수밖에! 내가 너희 엄마와 할아버지한테 전화를 걸어서 네 시 전에 '황금 닻' 앞에서 만나자고 하마. 그 때 너희가 우연히 그리로 지나가는 척하면 뭐라고 못 할 거야."

"이게 우연이라면 빗자루라도 씹겠소!"
우리가 변명을 늘어놓자 나사못 할아버지가 외쳤다.
"정말 우연이라니까요."
나는 작은꽃이 자기 할아버지에게 거짓말하지 않도록 잽싸게 나섰다.
"아줌마가 할아버지랑 통화하는 걸 우연히 엿들었어요."
"어차피 엎질러진 물이니 그냥 여기 있어. 설마 훤한 대낮에 무슨 일이야 생기겠니?"
볼프 부인이 말했다. 할아버지와 아만다 X 그리고 볼프 부인은 주차 중인 어느 트럭 뒤로 가서 몸을 숨겼다. 거기서 할아버지는 자신의 자전거 바퀴 하나에서 일부러 공기를 빼더니 그것을 다시 수리하는 척했다. 그러는 동안 아만다 X와 볼프 부인도 남들 눈에 띄지 않게 '황금 닻'을 염탐했다. 우리는 어른들 곁에 다가가 섰다.
"그래 봤자 소용없어요. 다른 일을 하시면 안 돼요? 너무 눈에 띈단 말예요."

할아버지가 벌써 다섯 차례나 자전거 바퀴에서 공기를 빼낸 다음 다시 펌프질을 하는 것을 보고 볼프 부인이 말했다.

"흥, 무슨 소리. 이런 것을 눈여겨보는 사람은 아무도 없어."

나사못 할아버지가 불퉁거렸다.

"만약 그 사람들이 당장이라도 자동차를 타고 떠나 버리면 어떡하려고 그래요?"

내가 물었다.

"걱정 마라. 우리가 그들을 못 알아보고 지나칠 일은 없을 거야. 그들은 최고급 미국산 차를 타고 다니거든."

볼프 부인이 대답했다.

이에 질세라 나사못 할아버지가 덧붙여 말했다.

"그뿐이니? 저기 앞에 택시 정류장이 있잖니. 그 작자들이 정말 자동차를 타고 사라지려고 하면 우리도 택시를 잡아타고 뒤쫓으면 돼."

우리 말을 엿듣기라도 한 듯 '황금 닻'으로 들어가는 길목에서 번쩍거리는 고급 리무진 한 대가 나타났다.

"저기요! 빨리 택시를 잡아요."

아만다 X가 소리치고는 달려나갔다.

나사못 할아버지도 소스라치게 놀라 자전거를 쓰러뜨리

고는 벌떡 일어나서 아만다 X와 볼프 부인의 뒤를 쏜살같이 쫓아 나갔다.

"그럼 우린 어떡하죠?"

내가 소리쳤다.

"여기 남아서 자전거를 잘 지켜라! 어차피 택시에는 다 탈 수 없잖아!"

나사못 할아버지가 간신히 택시 문을 닫는가 싶더니 무서운 속력으로 우리 곁을 지나쳐 앞차를 쫓아갔다.

"자전거나 지키라니? 우리가 어린애야 뭐야?"

작은꽃은 투덜대면서 나사못 할아버지가 방금 새로 펌프질을 한 자전거 바퀴를 발로 찼다.

나는 볼프 부인이 타고 온 자전거로 다가가서 그 위에 걸터앉았다.

"집으로 가자. 쇼는 끝났어."

그 때 작은꽃이 "아니야!" 하고 소리치며 '황금 닻'을 가리켰다.

뒤돌아보니 두 남자가 택시 정류장 쪽으로 가는 게 보였다. 하얀 양복을 입고 금목걸이를 차고 있는 그들은 마치 참새떼 틈에 끼여 있는 앵무새처럼 금방 눈에 띄었다.

15. 베일 속의 여자

"저 사람들이 범인 아닐까?"

작은꽃이 물었다.

"확실해. 꼬마곰 젤리 내기 하재도 좋아. 가자, 놓치면 안 돼!"

두 남자는 택시에 올라탄 후 그 곳을 떠났다. 화려한 리무진이 떠난 것과는 반대 방향이었다.

"자전거로 가겠다는 얘기야?"

작은꽃은 믿을 수 없다는 듯이 물었다.

"네 시 반이야! 지금은 한창 막힐 때라고!"

나는 허둥거리며 서둘러 떠났다.

"기다려! 같이 가!"

작은꽃이 뒤에서 외치는 소리가 들렸다.

운 좋게도 시내는 온통 차들로 길이 막혀 야단이었다. 두 남자를 태운 택시는 신호등이 있는 곳마다 멈춰 섰다. 덕분에 자전거로 미행하는 것이 생각보다 수월했다.

하지만 시내 중심가에서 멀어질수록 점점 그들 뒤를 쫓아가기가 힘들어졌다. 이따금 우리는 택시가 길모퉁이로 사라져 버리는 것을 멍하니 바라보아야만 했다. 우리는 다리를 흐느적거리고 숨을 헐떡거리면서 쫓아갔다. 작은꽃은 나보다 십 미터는 계속 앞서 달렸다. 아무래도 나도 권투 클럽에 다녀야 할 모양이었다. 내가 막 포기하려고 했을 때 작은꽃이 브레이크를 걸더니 방향을 틀어 되돌아왔다.

"무슨 일이야? 난 더 이상 못 갈 것 같아."

"그들이 차를 세웠어. 택시가 저기 옆길에서 멈췄다구."

작은꽃이 모기만한 소리로 말했다.

우리는 어느 집 현관 앞에서 기다렸다. 잠시 후에 택시가 우리 옆을 지나갔다. 차에 타고 있는 사람은 택시 운전사 한 사람뿐이었다.

"그 사람들은 내렸나 봐. 우리도 뒤따라가야 할까?"

"당연하지! 우리가 무엇 때문에 숨을 헐떡거리면서 열심히 뒤쫓아 왔는데?"

우리는 자전거를 잘 숨겨 둔 뒤에 택시가 멈춰 섰던 곳까

지 걸어갔다. 그 동네는 인적이 없어서 별로 안전해 보이지
않았다. 만약 여기에서 악당들과 마주치기라도 한다면 우
리가 여기에 온 목적이 그들 때문이라는 걸 금세 알아채게
될 것이다.

한 걸음 한 걸음, 우리는 조심스럽게 앞으로 나아갔다.
그들은 아직 길 어딘가에 있는 게 분명했다. 건물들은 모두
공장 건물이거나 폐가처럼 보였다.

갑자기 작은꽃이 걸음을 멈추고 속삭였다.

"소리가 들려."

우리는 두 걸음 정도 더 나아가 어느 집 모퉁이에 서서
몰래 살폈다. 두 악당은 버려진 어느 집 뒷마당 한가운데에
서서 이야기를 나누고 있었다. 우리는 산더미 같은 고물들
을 사이에 두고 그들과 서 있었는데, 고물 더미 덕분에 그
들의 얘기를 알아들을 수 있을 만큼 가까이까지 접근할 수
있었다.

작은꽃과 나는 땅바닥에 쭈그리고 앉아서 서로를 꽉 껴
안았다. 조금은 안심이 되었다.

우리는 고물 더미 틈새로 두 남자를 엿보았다. 나사못 할
아버지 말대로 그들은 갱 영화에 나오더라도 그럴싸해 보
일 것 같았다. 또 형제라고 착각할 만큼 꽤 닮았는데, 비슷
한 스타일의 양복 때문만은 아니었다. 둘 다 뒤로 머리를

묶었고 얼굴은 햇빛에 검게 그을려 있었던 것이다. 다만 한 명은 금발이고 한 명은 검은 머리라는 점이 달랐다.

"너 그 늙은 여자가 택시에 뛰어 오르는 것 봤지?"

금발 머리 남자가 물었다.

"너무 우스워서 바닥에 뒹굴 뻔했다. 헌데 왜 우리를 감시했는지 모르겠단 말야."

"어쩌면 그 전직 경찰 편인지도 모르지."

"야, 그거야말로 진짜 기발하지 않았어? 희생양이 된 경찰이라! 그보다 기막힌 일은 없을 거야. 귀찮은 노파까지 따돌리고! 그 여자, 맛 좀 보여 줄까? 어때?"

검은 머리는 고개를 흔들었다.

"그런 여자쯤 해 될 건 없어. 오히려 난 볼프가 걱정돼. 오늘도 술집에 왔었잖아. 혹시 냄새를 맡은 것 아닐까?"

"에잇 무슨 소리! 그랬다면 벌써 경찰들을 끌고 와서 우리 목을 죄었을걸."

금발 머리 남자가 소리쳤다.

"너 들었니? 저 사람들 우리 얘기를 하고 있어."

작은꽃이 내 팔을 움켜쥐었다.

"아야!"

나는 소리를 지르고는 어깨를 문질렀다.

“들키고 싶어? 그건 나도 아니까 좀 조용히 해.”

금발 머리 남자는 초조한 듯 이리저리 왔다갔다하면서 시계를 들여다보았다.

“빌어먹을! 벌써 여기 와 있어야 하는 것 아냐? 설마 또 바람맞히는 건 아니겠지!”

“불안하게 굴지 좀 마!”

검은 머리가 금발 머리를 향해 퉁명스럽게 쏘아붙였다.

“지금까지 잘 믿어 왔잖아. 그 여자가 세운 계획이 틀어진 것 봤어? 더구나 그 여자는 보스라구.”

“그래도 경찰이잖아! 미인이기는 해도 역시 경찰이라구. 난 경찰은 안 믿어. 게다가 그 여자 하는 말 들었지? 우리더러 물건을 자기 아파트에 가져다 놓고 ‘황금 닻’으로 돌아가라고 했잖아. 대체 무슨 속셈인지 알 수가 없단 말야. 암만 생각해도 속은 것 같아.”

검은 머리는 집게손가락으로 동료의 이마를 툭 쳤다.

“‘황금 닻’으로 돌아가자. 서류를 가져와야겠어. 너 또 서류 잊어버렸지? 제발 그만 좀 생각해라! 그 여자가 너보다 더 잘 알고 있어! 게다가 우리는 다시 풀려났잖아.”

작은꽃과 나는 서로를 쳐다보았다. 나는 그 애도 나와 같은 생각을 하고 있다는 것을 알았다.

그 남자들은 바로 그 ‘여자’에 대해 이야기하고 있었다.

그 여자라니. 파우어 형사를 두고 하는 말은 결코 아닐 거다. 남은 것은 단 한 사람, 바로 릴리 라살 형사였다!

날카로운 벨소리 때문에 나는 퍼뜩 생각에서 깨어났다. 검은 머리의 휴대폰이었다. 그는 호주머니를 뒤적이더니 휴대폰을 꺼내 들었다.

"예? 아, 당신이군요! 대체 어디에 있는 거요? 볼레와 내내 기다리고 있단 말이오! 예, 나도 알아요! 하지만 우리도 위험천만이긴 마찬가지요! 감옥에 들어갔던 것도 우리지 당신이 아니었잖아요! 당신이 좀더 빨리 경고를 해 줬더라도 그런 일은 없었을 거요! 예, 예, 예! 경찰 계획이 그 보다 앞서서 변경된 건 나도 알고 있는 바요! 그래, 언제 올 수 있는 거요? 뭐요! 못 온다고? 그게 무슨 소리요? 그 물건이 위험하게 됐다고 당신이 말했잖소. 그래서 우리가 당신 아파트로 가져갔던 것 아니오! 그리고 지금 아주 괜찮은 장물아비(훔친 물건을 전문적으로 취급하는 사람)도 구해 놨단 말이오. 뭐요? 제 정신이오? 아니, 내 말은 그게 아니고. 제발 그렇게 소리 좀 지르지 말아요. 그래, 좋아요. 그럼 바로 일요일에요."

검은 머리는 불만스러운 얼굴로 휴대폰을 바라보았다.

"무슨 일이야? 그 여자가 뭐래?"

금발 머리가 물었다.

그의 파트너는 머리를 설레설레 흔들었다.

"그 여자 머리가 돈 것 같아. 경찰의 여름 축제 때 보석을 목에 걸고 가겠다는군. 그것을 팔아 넘기기 전에 말야."

"그 여자 미친 것 아냐?"

금발 머리가 소리쳤다.

"안 그래도 한 소리 했더니 오히려 화를 내더군. 보석으로 재미보는 일을 놓치고 싶지 않다는 거야. 보험회사에서 보낸 보석 사진을 중간에서 가로챘으니 경찰들은 보석이 어떻게 생겼는지도 모를뿐더러, 그런 것을 눈치채기에는 경찰들이 너무나 멍청하다는 거지."

검은 머리가 서글픈 목소리로 말했다.

"그럼 이제 어쩌지? 이제 우린 뭘 해?"

"돌아가서 일요일까지 기다리는 거지. 그 여자가 보석을 가지고 올 거야. 같은 시간, 같은 장소로 말야."

"다시 돌아간다고? 어떤 차를 타고?"

금발 머리가 소리질렀다.

검은 머리는 당황한 듯 주위를 둘러보았다.

"아, 그래. 우리가 택시를 타고 왔었지. 그런데 가 버렸으니 어쩐다. 걸어가는 수밖에 도리가 없군."

"걸어간다고? 내 구두는 먼지투성이라구. 그런데 양복까지 더럽히라구?"

금발 머리가 꽥 소리를 질렀다.

"세탁소에 맡기면 될 것 아냐. 그만 투덜대고 빨리 와. 여기 오래 서 있고 싶지 않아!"

나는 숨을 죽였다. 만약에 그 자들이 우리가 왔던 큰길 쪽으로 나온다면 우리를 발견하는 건 시간 문제다.

그러나 다행히도 그들은 반대 방향으로 향했고 두방망이 치던 가슴이 차츰 안정되었다. 걸어가면서도 금발 머리는 신발이 망가질 거라며 여전히 불퉁거렸다.

작은꽃과 나는 숨어서 한동안 꼼짝 않고 앉아 있었다. 그들의 목소리가 더 이상 들려 오지 않을 때쯤, 그들이 우리를 보지 못할 만큼 안전해진 다음에야 비로소 숨었던 곳에서 나왔다.

"나는 내 심장 뛰는 소리까지 들리더라! 정말 믿을 수가 없어. 혹시 저 사람들과 한 패가 라살 형사 아닐까?"

작은꽃이 가빠진 호흡을 진정시키며 말했다.

"그 여자가 아니면 누구겠어? 그 여자는 일 년 전에도 아빠와 함께 근무했었어. 그 보석도 그 여자가 갖고 있는 게 틀림없어!"

"아까 그 사람들이 우리가 자기들을 염탐한 걸 알고 있다고 했을 때 나는 기절할 뻔했어. 엄마랑 아만다 아줌마 그리고 할아버지도 저 사람들한테 감쪽같이 속아 넘어간 거야. 만약 그 사람들이 보석을 팔지 않고 그대로 행방을 감춘다면 우리는 곤경에 빠지게 될 거야."

"그 자들은 그 후에도 우리를 곤경에 빠뜨릴 수 있어. 하지만 일요일까지는 아직 시간이 있어."

"너 정말 라살 형사가 여름 축제 때 보석을 걸고 나올 거라고 믿니? 그건 정말 미친 짓이잖아!"

"물론이지. 하지만 우리에겐 절호의 기회야. 아만다 아줌마한테 가서 상의하는 게 좋겠다."

"차라리 경찰을 불러오는 게 낫지 않을까? 보석이 릴리 라살 형사의 아파트에 숨겨져 있다고 말했잖아. 경찰이 그 여자의 아파트만 수색하면 될 것 아니야. 너희 아파트를 뒤졌던 것처럼 말야."

"안 돼. 그건 너무 위험해. 또 누가 한통속인지 전혀 모르잖니. P자와 파우어 형사가 전화를 받았던 것을 생각해 봐."

"P자는 단순히 경찰 혹은 경찰관을 뜻하는 첫 글자일 수도 있잖아? 그리고 파우어 형사가 우연히 라살 형사의 전화를 받은 것인지도 모르고."

"그럴 수 있겠지. 그럴지도 몰라! 하지만 어떤 게 진실인지는 몰라. 자, 아줌마한테 가자."

큰길에서 하얀 양복을 입은 남자들은 눈에 띄지 않았다.

그처럼 먼 길을 가는데도 휴대폰으로 택시도 부르지 않고
걸어서 가다니, 그들은 정말 바보 멍청이가 틀림없었다.

우리는 자전거로 왔던 길을 되돌아 달렸다. '황금 닻'으
로 가 보니 아만다 X의 오토바이가 보이지 않았다.

"모두 아만다 아줌마의 집으로 갔을 거야."

내 말에 작은꽃이 한숨을 내쉬었다.

"할아버지하고 엄마가 자전거가 없어졌다고 나무라지
않았으면 좋겠는데."

"자전거는 어디 있냐?"

우리가 문 손잡이에서 미처 손을 떼기도 전에 나사못 할
아버지가 윽박질렀다.

"저희가 타고 갔었어요!"

작은꽃이 움츠러든 목소리로 말했다.

"타고 갔었다고?"

나사못 할아버지가 한껏 목소리를 높였다.

"그래, 그래서 우리는 이 고약한 냄새가 나는 짐승과 함
께 덜걱거리는 고물 오토바이의 사이드 카에 타고 도시의
절반을 지나와야 했단 말이다!"

"시스터 X는 냄새 나는 짐승이 아녜요! 영감님도 알잖아
요. 시스터 X는 이 지상의 존재가 아니라고요, 그리고……."

나사못 할아버지는 두 손을 얼굴 위에다 대고는 집게손
가락을 돌리면서 놀려 댔다.

"나도 이 지구 밖에서 온 존재라오! 화성에서 온 녹색 인
간이지! 흥흥흥!"

"아버지! 제발 좀 고약하게 굴지 마세요. 우선 애들 말을
들어 봐요. 어쩌면 뭔가 알아 냈을지도 모르잖아요."

볼프 부인이 나사못 할아버지를 나무랐다.

"그 자들의 뻔한 속임수에 넘어가다니! 결코 날 용서할
수 없을 거예요."

아만다 X가 입술을 씰룩거렸다.

"괜찮아요. 우리가 사건을 해결했거든요. 거의 말예요."

내가 재빨리 끼여들어 말했다. 우리는 악당들 뒤를 쫓았
던 일과 인적이 없던 뒷마당에서 겪은 일을 애기했다. 집
안이 쥐죽은 듯이 조용해졌다.

"릴리 라살? 너희 아빠의 동료 여형사 말이니? 믿을 수가
없구나."

우리의 이야기가 끝나자 볼프 부인이 말했다.

"애들 말이 맞아요. 그 여자 말고는 없지요."

아만다 X가 말했다. 뒤이어 나사못 할아버지가 말했다.

"문제는 어떻게 그 자들의 죄를 밝혀 내느냐 하는 거야.
짭새들, 그러니까 경찰은 믿을 게 못 돼. 경찰들도 우리 말

을 안 믿을 테고."

"게다가 그건 너무 위험해요. 우리가 경찰에 신고라도 하면 릴리 라살은 먼저 정보를 엿듣고 뺑소니칠 수도 있어요. 안 돼요, 안 돼. 우리 스스로 일을 해결해야 해요. 여름 축제라는 것이 어디서 열리는지 아니, 리키?"

"예, 호숫가에 있는 큰 레스토랑에서 열려요. 더 정확히 말하면 그 옆에 있는 맥주 마시는 정원에서요. 몇 주일 전에 아빠랑 거기에서 아이스크림을 사 먹으면서 들었어요."

아만다 X는 만족한 듯이 고개를 끄덕였다.

"환상적이야. 현장에서 덮칠 수 있겠어. 그 여자가 허영심이 많아서 다행이군. 우리가 그 여자를 경찰에 넘길 때쯤엔 도둑질한 물건을 목에다 걸고 있겠지."

"그러니까 아주머니는 경찰의 여름 축제를 말씀하시는 거예요? 도대체 무슨 수로 그 일을 해내시게요?"

볼프 부인이 믿지 못하겠다는 듯이 물었다.

아만다 X는 좋은 생각이 있는 듯 미소를 지으면서 시스터 X의 목을 쓰다듬었다.

"벌써 한 가지 묘안이 떠올랐다우. 하지만 그러려면 도둑맞은 보석 사진부터 손에 넣어야 해요. 그리고 또 여름 축제에 참석할 수 있는 입장권도 필요하고."

"입장권은 내게 맡겨요."

"아버지가요? 어디서 입장권을 구하시게요?"

"그건 묻지 마라, 애야. 많이 알면 다친단다. 그러니까 입장권은 몇 장 필요한 거요?"

"가만있자, 릴리 라살은 범행이 발각되자마자 내빼려고 할 거요. 그러니까 남자든 여자든 간에 많은 사람이 필요해요. 영혼의 다과회 회원들 표 세 장하고 권투 클럽 사람들 표 세 장, 그리고 우리 세 사람 표도 필요하지요. 합쳐서 아홉 장은 있어야 되겠군요."

"그러다간 눈에 띌 게 확실해요. 우리는 경찰이 아니잖아요. 게다가 릴리 라살과 파우어 형사와도 안면이 있고요."

볼프 부인이 말했다.

"그렇기야 하지요. 그 사람들하고 안면이야 있지요. 하지만 우리를 절대 못 알아볼걸요. 당신이 우리들을 변장시켜 줄 테니까."

아만다 X가 히죽 웃었다.

"아하, 이제야 알겠어요. 하지만 카민스키 씨한테 우리 계획에 대해 넌지시 알려 줘야 하지 않을까요. 그러면 안심이 될 텐데."

볼프 부인도 웃으며 대꾸했다.

아만다 X는 머리를 저었다.

"안 그러는 게 좋아요. 계획이 성공할지 실패할지도 모르는 판에 일이 틀어지기라도 한다면 실망만 더할 테니.”

“게다가 그런 일을 감옥 안에서 얘기하다니, 그건 안 된
다. 거기는 벽에도 귀가 붙어 있는 곳이야. 낮 말은 새가 듣
고 밤 말은 쥐가 듣는 곳이지, 말하자면.”

나는 할아버지가 어떻게 그렇게 감옥에 대해 잘 아는지
궁금했다. 그러나 그것에 대해 묻지 않고 이렇게만 물었다.

“그럼 우리는 어떻게 해요?”

“너희는 여기 남아 있어야지. 제발 부탁인데 우연한 일
은 그만 저지르려무나!”

볼프 부인의 말에 아만다 X는 우리를 바라보며 어깨를
으쓱했다. 이번에는 자기도 어쩔 수가 없다는 뜻인 것 같았
다. 하지만 내게도 계획이 있었다. 작은꽃에게는 계획을 행
동으로 옮기기 전에 털어놓고 끌어들일 생각이었다. 그러
지 않으면 작은꽃은 불안해서 잠도 못 자고 흥분해서 비밀
을 발설할지도 모를 일이었다.

“그 대신에 너희, 내일 엘레오노레 폰 호펜스테트 남작
부인의 성에 함께 가는 건 어떻겠니?”

“거기엔 왜요?”

아만다 X의 제안에 작은꽃이 물었다.

“가 보면 알 거야.”

폰 호펜스테트 남작 부인이 사는 성은 시내에서 멀리 떨어진 곳에 있었다. 아만다 X의 말은 과장이 아니었다. 나는 영화 속 주인공이 된 것 같았다. 차로 성의 정문을 통과해 넓은 정원을 지나면서, 나는 엘리자베스 여왕이라도 방문하러 가는 듯한 기분이 들었다. 아만다 X는 엘레오노레 폰 호펜스테트 부인을 방문하는 목적에 대해 입을 꾹 다물고 있었다.

우리는 곧 현관문 앞에 섰다. 현관문은 아만다 X의 집 두 배는 되어 보였다. 현관문엔 쇠로 만든 사자 머리 모양의 문고리가 달려 있었다. 아만다 X는 문고리를 손에 쥐고 세게 두드렸다. 노크 소리가 성 밖까지 들릴 정도였다. 흐린 날씨에 폭풍이라도 몰아친다면 드라큘라 영화에 꼭 어울릴 것 같았다. 잠시 후 누군가 발을 끌며 나오는 소리가 들렸다. 문이 열리자 키가 작고 뚱뚱한 정장 차림의 남자가 나왔다. 다행히도 눈에 핏줄이 벌겋게 서고 뾰족한 이빨을 내민 창백한 얼굴의 드라큘라는 아니었다.

"안녕하세요, 찰스!"

"헬로, 미스 X, 하우 아 유?"

키가 작고 뚱뚱한 남자가 말했다. 그는 감기라도 걸렸는지 코맹맹이 소리를 냈다.

"잘 지냈어요, 찰스? 엘레오노레 부인 좀 만날 수 있을까요?"

"약속은 하셨나요?"

"아니요. 하지만 아주 중요한 일이에요."

찰스는 한쪽 눈썹을 치켜떴다.

"부인께서는 지금 티 타임 중입니다. 부인께 방해가 안 될지 모르겠군요."

"한번 물어봐 줘요."

아만다 X는 숨을 가쁘게 내쉬었다.

찰스는 시스터 X에게 떨떠름한 눈길을 한 번 던지고는

발을 끌면서 안으로 들어갔다.

"저 사람 영국에서 왔나 봐요."

작은꽃의 말에 아만다 X는 웃었다.

"아니. 원래 이름이 카알이고 이 근처에서 태어났어. 이 집 하인 노릇을 한 지도 꽤 됐지. 하지만 늘 자신이 영국인 집사였으면 한단다. 불가능한 일인데도 말이다."

얼마 있다가 찰스가 다시 나타났다.

"부인께서 들어오라고 하십니다."

찰스를 따라 들어간 홀은 우리가 살고 있는 아파트의 두 배는 되었다. 사방 벽엔 오래된 유화들이 걸려 있었고 천장에는 샹들리에 촛대가 흔들리고 있었다. 시내 광장에 서 있는 크리스마스 트리만큼이나 큰 촛대였다.

우리는 서재로 안내되었는데, 그 곳은 천장까지 닿는 책장에 책이 가득 들어차 있어서 책으로 도배를 했다고 착각할 정도였다.

엘레오노레 부인은 방 한가운데에 있는 작은 탁자 앞에 앉아서 손가락 끝으로 찻잔을 붙잡고 있었다.

"아만다! 사람 놀라게 하는 데는 소질이 있다니까. 어머, 꼬마 친구들도 함께 왔군요. 이름이……."

"리키하고 작은꽃이에요."

내가 재빨리 말했다.

"그래, 기억나! 어서 이리 오렴. 차 한 잔씩 하겠니?"

우리가 고개를 끄덕이자 찰스는 "차를 더 준비하겠습니다, 부인." 하며 깍듯이 허리를 굽힌 뒤 사라졌다.

"그래, 무슨 일로 저를 방문하시는 영광을?"

"에른스트 자트라는 사람을 아세요?"

아만다 X의 물음에 엘레오노레 부인은 눈썹을 모으더니 생각에 잠겨 차를 저었다.

"아! 이제 생각이 나네요. 한두 번 자선 파티에서 만난 적이 있어요. 여기에도 한 번 들렀었죠. 공장을 갖고 있는데 재계에서는 막 떠오르는 부자죠."

엘레오노레 부인은 그렇게 말하고는 코를 찡그렸다.

"부인이 그를 알고 있었으면 했어요!"

아만다 X는 기뻐했다.

엘레오노레 부인은 의아하다는 표정으로 아만다 X를 바라보았다.

"그 사람은 왜요? 무슨 관계라도?"

"아무 관계 없어요. 사실 일 년 전쯤에 그가 값비싼 보석을 도난당했어요. 그 보석 사진이 필요한데, 혹시 그가 사진을 갖고 있지 않을까 해서요."

부인은 다시 눈썹을 찡그렸다.

"대체 그걸 어디에 쓰시게요?"

아만다 X는 전보를 치듯 지금까지의 이야기를 간단하게 설명해 주었다. 얘기를 다 듣고 나자 엘레오노레 부인은 탁자 위에 놓은 작은 종을 한 번 흔들었다.

동시에 찰스가 서재 문 앞에 나타났다.

"부르셨습니까?"

"찰스, 에른스트 자트라는 사람 기억하나?"

"예, 그럼요. 신흥 재벌 아닌가요?"

"언제까지 그 사진이 필요하지요, 아만다?"

엘레오노레 부인이 아만다 X에게 물었다.

"늦어도 내일 저녁까지요."

"이런! 그 사람은 여기서 수백 킬로 떨어진 곳에 살고 있어요. 하늘의 뜻에 맡기는 수밖에."

엘레오노레 부인은 헛기침을 했다.

"찰스, 그 사람의 전화번호가 어딘가 있을 거야. 찾아서 전화를 걸어 줘. 내일 내가 찾아가겠다고, 알았지?"

찰스는 허리를 굽히고 나서 사라졌다.

폰 호펜스테트 남작 부인은 우리에게 차를 대접했다.

"성공했으면 좋겠군요, 아만다."

"틀림없이 잘 될 거예요. 당신을 믿어요, 엘레오노레."

아만다 X는 그렇게 말하고는 우리한테 눈을 찡긋해 보였다.

16. 무대 위의 범인

나사못 할아버지는 약속대로 다음 날 오전에 여름 축제 입장권 아홉 장을 구해 탁자 위에 내놓았다. 표가 어디서 났는지 묻는 사람은 없었다. 아무튼 그 표들은 진짜 같아 보였다.

아만다 X는 우리를 도와줄 사람들을 집으로 소집했다. 쌍둥이 헤드비히와 엘스베트 부인, 그리고 할아버지의 친구들인 발터, 빌리, 귄터 할아버지였다.

이어서 볼프 부인이 당당하게 등장했다. 작은꽃은 자기 엄마가 분장과 위장 분야에서 최고라고 말한 적이 있었지만 난 상상이 가지 않았다. 하지만 그 날 저녁 변장한 사람들이 우리 앞에 섰을 때 나는 비로소 작은꽃의 말이 허풍이 아니라는 걸 깨달았다.

내 앞에 서 있는 사람들이 누구인지 미리 알지 못했다면 결코 그들을 알아보지 못할 정도였다. 나사못 할아버지는 수염을 붙이고 대머리로 변장했다. 아만다 X는 마치 오페라 여가수처럼 보였는데, 실제보다 두 배는 더 뚱뚱해 보였다. 볼프 부인은 말재갈 같은 의치를 하고 여드름이 잔뜩 난 얼굴을 하고 있었다.

헤드비히와 엘스베트 부인은 여름 축제 때 남들 눈에 띄는 일은 없을 것 같아서 변장을 안 하기로 했었는데, 그들이 불평을 하는 바람에 볼프 부인은 그들도 변장시켜 주었다. 드디어 나사못 할아버지의 친구들 차례가 되었다. 귄터와 빌리 할아버지는 사실 멋진 양복만으로도 충분했지만 볼프 부인은 그 할아버지들과 발터 할아버지에게 가짜 수염을 붙여 주고 가발도 씌워 주었다.

"자, 누누이 말했지만 다시 한 번 새겨 둬요."

모든 사람들이 서로를 보고 놀라워하면서 볼프 부인에게 찬사를 쏟아붓고 난 후, 아만다 X가 주의할 점을 일러 두었다.

"절대로 파티장에서 탁자에 가서 앉거나 다른 사람들과 대화하는 일이 없어야 해요. 그러다가는 정체가 탄로나기 십상이에요. 그리고 춤을 추러 나가서도 릴리 라살에게서 한시도 눈을 떼지 말아요."

"춤을 추러 나가다니요? 누구하고 춤을 춰야 하죠?"

빌리 할아버지가 놀란 듯 눈을 등잔만하게 뜨고 물었다.

"짝을 지어 줄 거예요."

아만다 X가 대꾸했다.

"귄터는 헤드비히와 짝이 되고, 엘스베트는 빌리와 짝이 되세요. 그리고 발터가 볼프 부인하고 함께 춤을 춰요. 자, 그러고 나면 한 사람이 남는군요."

나사못 할아버지는 아만다 X가 자기한테 미소짓는 것을 보고는 얼굴에서 핏기가 싹 가셨다.

"당신…… 당신 설마 나를 가리키는 것은 아니겠지?"

할아버지는 말까지 더듬었다.

아만다 X는 좀더 크게 미소를 짓더니 눈썹을 세차게 꿈틀거렸다.

"당신 말고 또 누가 있겠수, 나사못? 나와 한두 번은 춤을 춰야 될걸요."

나사못 할아버지는 침을 꿀꺽 삼기는 것 같더니 기침을 해대기 시작했다.

"춤이라니? 난 모르는 말이오!"

할아버지는 숨을 헐떡거렸다.

작은꽃과 나는 창가에 서서 어른들이 택시에 타는 것을

바라보았다.

"따라가고 싶은데. 가더라도 입장은 못 하겠지."

작은꽃은 한숨을 쉬며 말했다.

"꼭 정식으로 입장할 필요는 없잖아?"

나는 창에서 눈을 떼지 않고 말했다.

작은꽃이 내 팔을 꽉 붙들더니 세차게 끌어당겼다.

"너 무슨 생각이 있는 거지?"

"아야!"

나는 소리를 지르고는 팔을 문질렀다.

"미, 미안해. 아프니?"

작은꽃이 어깨를 축 늘어뜨리며 말했다.

"너…… 거기에 갈 거니?"

"응. 축제는 맥주 정원에서 열려. 그 옆엔 공원이 하나 있는데, 맥주 정원과는 철책을 사이에 두고 있지. 예전에 아빠랑 공원에 갔을 때 아이스크림을 먹으면서 봐 두었어. 그 철책 뒤에 숨을 수만 있다면 몰래 축제를 엿볼 수 있을 거야."

여름 축제가 열리는 맥주 정원까지 자전거를 타고 가는 길은 멀었다. 공원엔 벌써 축제의 열기가 가득했다. 우리는 철책 주변에 우거진 덤불 사이로 몸을 숨겼다. 그리고 맥주 정원 곳곳으로 눈동자를 굴렸다.

경찰 주최로 열리는 여름 축제는 굉장히 풍성했다. 무대 위에서는 밴드가 악기를 마구 흔들며 연주하고 있었다. 무대 앞쪽의 널찍한 마당에서는 경찰들이 서로 발을 밟아 가면서 춤을 추고 있었다. 우리 팀 일행도 눈에 띄었다. 귄터와 발터, 빌리 할아버지는 즐거운 표정으로 여자 파트너를 무대로 끌고 갔다. 하지만 나사못 할아버지는 얼굴이 새빨개진 채 아만다 X와 팔짱을 끼고 이리저리 손발을 버둥거리면서 끌려 다녔다.

"두 사람 마치 링 위에서 한 판 하는 것 같아."

작은꽃이 킥킥거렸다.

"할아버지가 혹시 링 위에 있는 걸로 착각하고 아줌마를 때려 눕히지나 않았으면 좋겠다."

우리는 아만다 X와 나사못 할아버지의 모습을 보며 재미있어하다가 릴리 라살 형사를 찾기 시작했다. 하지만 그 여자는 보이지 않았다.

"혹시 엘레오노레 부인이 벌써 여기 온 게 아닐까?"

작은꽃이 속삭이는 소리로 내게 물었다.

"몰라. 하지만 라살 형사가 안 와도 상관없어."

그 때만 해도 내가 미처 깨닫지 못한 게 있었는데, 릴리 라살 같은 여자들은 모든 사람들의 시선을 한 몸에 받기 위해 언제나 제일 늦게서야 나타난다는 것이었다.

공원으로 차 한 대가 미끄러지듯 들어갔지만 나는 그다지 신경 쓰지 않았다. 그러나 곧이어 릴리 라살 형사가 우리 쪽으로 걸어오는 것이 보였다. 작은꽃과 나는 몸을 구부리고 머리를 숙였다. 그 여자가 우리 곁을 스쳐 지나갈 때 나는 그 여자를 조심스럽게 올려다보았다. 순간 모든 것이 분명해졌다. 그녀의 목과 팔목, 손가락에서 반짝이는 것, 그것은 공원의 어둠침침한 곳에서조차 빛이 날 정도였다.

릴리 라살 형사가 축제장에 들어서자마자 여기저기서 환호성과 휘파람 소리, "어이, 이봐!" 하며 불러 대는 소리가 울려 퍼졌다. 그리고 다섯 명이나 되는 남자들이 그녀의 주위를 에워쌌다. 그들은 누가 먼저 라살 형사의 춤 상대가 될지를 놓고 싸우는 것 같았다. 저 얼간이들! 남자들은 어쩜 저렇게 아이나 어른이나 유치한지 모르겠다.

라살 형사는 음악이 새로 바뀔 때마다 파트너를 바꿔 가며 춤을 췄다. 몸에 걸친 액세서리가 너무 번쩍거려서 선글라스가 필요할 정도였지만 불편하다고 느끼는 사람은 없는 것 같았다.

축제 장소는 발 디딜 틈 없이 경찰들로 우글거렸다. 그런데도 젊은 여자 경찰의 몸을 감고 있는 액세서리가 분수에 맞지 않게 너무 비싸다고 의심하는 이는 없었다.

아만다 X와 나사못 할아버지, 그리고 또다른 두 쌍은 릴리에게서 한 순간도 눈을 떼지 않았다. 우리는 덤불에 숨어 그들을 살펴보았다. 왜 어른들이 아직 행동 개시를 하지 않는지 궁금했다. 그 이유는 단 하나였다. 엘레오노레 남작 부인이 아직 사진을 갖고 등장하지 않은 것이다.

경찰들은 신발 뒤축이 닳도록 열심히 스텝을 밟았고, 시간은 점점 흘러갔다. 철책의 덤불은 감쪽같이 숨기엔 안성맞춤이었지만 그다지 편한 곳은 못 되었다. 개미들 등쌀에 시달리는가 하면 뼈마디가 저리고 뻐근했다.

어느덧 한밤중이 되었다. 나사못 할아버지는 금방이라도 뇌졸중으로 쓰러질 것처럼 보였다. 바로 그 때 오케스트라 악단의 화려한 팡파르 연주와 함께 한 남자가 무대로 올라왔다.

"신사 숙녀 여러분."

남자의 목소리가 스피커를 타고 우렁차게 퍼졌다.

"벌써 시간이 이렇게 됐군요. 이제 마지막 댄스곡만을 남겨 두고 있는데요. 그 전에 기다리고 기다리던 올해의 미의 여왕을 뽑는 순서를 갖겠습니다."

"마지막 댄스라고? 축제가 끝나기 전에 엘레오노레 부인이 나타나지 않으면 어떻게 하지? 모든 게 물거품이 되고 말 거야."

"그렇게 놔 둘 순 없어. 나 혼자서라도 엘레오노레 부인이 올 때까지 어떻게든 라살 형사를 붙들어 둬야겠어."

 "자, 여러분은 모두 투표 용지에 자신의 생각을 한 점 의심 없이 적어 주셨습니다. 이제 개표 결과를 발표하겠습니다. 올해의 미의 여왕은, 바로 릴리 라살 양입니다!"

 박수 갈채, 우렁찬 나팔 소리, 눈부신 조명이 라살 형사에게로 쏟아졌다. 기뻐 어쩔 줄 모르는 릴리 라살의 얼굴과 그녀의 몸에 걸친 보석들은 구별하기 어려울 만큼 한데 어울려 찬란하게 빛났다.

 릴리 라살 형사는 순간 순간을 즐기는 듯 무대 위로 천천히 걸어 올라갔다.

 그녀의 표정은 확실히 그렇게 보였다. 나는 그녀가 한 걸음씩 내디딜 때마다 그녀를 덮칠 기회도 같이 사라져 가고 있음을 깨달았다. 그 여자를 붙들어 두겠다고 장담했지만 솔직히 구체적인 계획 따윈 없었다.

 "저기 좀 봐!"

 작은꽃이 나를 쿡 찌르더니 아만다 X를 가리켰다.

 아만다 X는 웨이터와 몇 마디 주고받는 것 같더니 급히 출구 쪽으로 달려갔다. 거의 동시에 작은꽃과 나도 레스토랑 입구 쪽으로 튀어나갔다. 대형 승용차 한 대가 막 그 곳을 빠져나가는 중이었다.

 "혹시 엘레오노레 부인이 아니었을까?"

작은꽃이 물었다.

"곧 알게 되겠지!"

우리가 덤불로 다시 돌아와 맥주 정원을 엿보고 있을 때 아만다 X는 벌써 무대 위에 올라가 있었다. 손에는 편지 봉투 한 개가 들려 있었다.

"그 사진이야!"

작은꽃이 외쳤다.

아만다 X는 어리둥절해진 사회자에게서 마이크를 뺏어 들었다.

"신사 숙녀 여러분!"

아만다 X가 마이크에 대고 너무 큰 소리로 소리치는 바람에 귀청을 찢어 놓을 것 같은 소리가 삐익 하고 났다.

"내 이름은 아만다 X입니다. 에언자이자 영매이며 혼령을 불러오는 사람이지요. 그리고 또 여러분이 잘 알고 있는 카민스키 형사의 파출부입니다. 그 분은 일 년 전에 자트 씨의 별장에서 일어난 보석 도난 사건에 가담했다는 혐의를 받고 있습니다. 하지만 신사 숙녀 여러분, 이 사진들은……."

아만다 X는 잠시 말을 끌었다.

"여러분의 동료인 릴리 라살 형사가 오늘 하고 나온 액세서리가 바로 그 도난당한 보석이라는 것을 증명하고 있습

니다. 바인라인 형사 반장님, 미안하지만 무대로 올라와서 사실인지 아닌지 확인 좀 해 주시겠어요?"

나는 나사못 할아버지를 비롯한 우리 일행이 무대 앞에서 버티고 있는 것을 보았다. 라살 형사가 쥐새끼처럼 빠져나가지 못하도록 막기 위해서였다. 하지만 사람들의 호기심이 어떤 결과를 불러올지는 전혀 예측 못 한 것 같았다. 일순간 축제장은 물을 끼얹은 듯 조용했지만 곧 여기저기서 웅성거림이 일기 시작했다. 처음에는 나직하게, 그리고 점점 커지더니 한꺼번에 사람들이 무대 쪽으로 밀어닥쳤다. 사람들은 아만다 X가 들고 있는 사진을 좀더 가까이에서 보려고 밀쳐 댔고, 릴리 라살이 어떻게 나올지 기대하며 아우성을 쳤다. 한꺼번에 몰려들어 밀고 당기고 하는 사람들을 막기엔 할아버지들의 힘이 너무나 부쳤다. 그들은 결국 흥분한 군중의 틈바구니에 끼여 꼼짝달싹 못 하게 되었다.

릴리 라살 형사는 혼란한 틈을 타서 일생일대의 위기에서 빠져나가려 했다. 단숨에 그녀는 무대에서 내려와 아우성치는 동료들 틈을 무자비하게 헤집으며 철책 쪽으로 달려갔다.

"자동차야!"

나는 조심해야 하는 것도 잊고 무심결에 커다란 목소리

로 소리쳤다.

"주차장에다 차를 세워 놓은 게 틀림없어! 차를 타고 도망치려는 거야!"

"경찰들이 왜 저 여자를 붙들지 않는 거지?"

작은꽃이 절망적으로 외쳤다.

나는 나사못 할아버지와 다른 사람들이 라살 형사 쪽으로 달려가려고 애쓰는 것을 보았다. 하지만 물밀듯이 밀려드는 사람들은 당해 낼 수가 없었다. 몇 걸음만 더 달려가면 릴리는 철책 쪽으로 빠져나갈 것이다.

'안 돼! 절대 달아나도록 내버려두지 않을 거야!'

나는 용수철처럼 벌떡 일어나 달려 나갔다. 작은꽃은 돌아보지도 않고 죽기 살기로 뛰었다. 나는 라살 형사를 앞질러서 그 여자의 자동차가 있는 곳까지 달려갔다. 어떻게든 막아야만 했다.

경찰들은 훈련이 잘 된 사람들이다. 그것은 라살 형사도 마찬가지였다. 그 여자는 짧은 치마를 입고도 철책을 훌쩍 뛰어넘더니 자동차와 겨우 몇 미터 떨어진 곳에 도달해 버렸다. 그건 내게 불가능한 일이었다. 라살 형사는 곧바로 핸드백을 더듬거리기 시작했다. 맞아, 자동차 열쇠! 열쇠를 찾는 게 틀림없었다. 그 여자는 곧 열쇠를 찾아 들고 허겁지겁 차문으로 다가가 열쇠 구멍을 마구 쑤셨다. 그 여자가 차문을 열어 제치고 안으로 뛰어들려는 순간…… 나도 자동차에 접근하기 일보 직전이었다! 그 때 열쇠가 그 여자의 발 밑으로 떨어졌다. 난 체육대회 때 내게 상장을 안겨 줬던 체조 실력을 발휘해서 껑충 뛰어올라 열쇠를 손바닥으로 덮쳤다. 열쇠가 내 손에 들어왔다고 생각하는 순간 릴리 라살이 다가와 내 어깨를 움켜쥐었다.

"이 젖비린내 나는 못된 꼬마야!"

그 여자는 푸웃 소리를 내더니 나를 자동차에 밀어붙였다. 성난 얼굴이 몹시 일그러져 있었다.

"감히 내게 덤벼? 맛을 보여 주마!"

몸에서 힘이 다 빠져나간 나는 라살 형사가 손을 쳐드는 것을 그냥 바라볼 수밖에 없었다. 곧 그 여자한테 맞아 뭉개질 내 코뼈가 눈앞에 어른거렸다. 바로 그 순간, 웬 그림자 하나와 몇 개의 꽃송이가 눈앞을 스쳐 지나갔다.

작은꽃의 왼쪽 주먹이 정확하게 라살 형사의 턱에 꽂혔다. 라살 형사의 얼굴이 일그러졌다. 그 모습이 내게 시스터 X를 생각나게 해 주었다. 그 여자는 자동차에 부딪혀 비틀거리다가 천천히 아래로 주저앉고 말았다.

수학여행 때를 빼고는, 물론 그 때도 언제나 집에 돌아가고 싶어 죽을 지경이었지만, 난 한시도 아빠와 떨어져 지낸

적이 없었다. 감옥 앞에서 아빠를 기다리는 동안 초조해서
참을 수가 없었다. 유치원생처럼 앙감질이라도 하고 싶었다.

난 신문 챙기는 것도 잊지 않았다. 신문은 아빠 얘기를
대대적으로 다루고 있었다. 마음 같아선 지나가는 사람들
이 다 듣도록 소리내어 기사를 읽고 싶었다. 릴리 라살은
절도 사실을 자백했고, '황금 닻'의 공범들은 그 날 저녁에
모두 체포되었다. 그것으로 아빠의 결백이 밝혀졌고 우리
는 영웅이 되었다. 신문은 한 면을 전부 우리 기사로 채우
고 있었다. 우리는 이 도시에서 화젯거리 1호가 되었다.

마침내 아빠가 모습을 나타냈다. 감옥에 들어간 지 며칠
밖에 되지 않았는데도 많이 야위고 핏기 하나 없었다. 하지
만 아만다 X의 요리를 먹으면 금세 힘이 솟을 거다. 한 차
례 환영 인사가 있은 후 아빠는 내 손을 잡고 다른 사람들
과 좀 떨어진 곳으로 갔다.

아빠는 내게 몸을 굽혔다.

"고맙다, 애야. 네가 자랑스럽구나."

아빠의 왼쪽 눈가에 작은 이슬이 맺히는 게 보였다. 아빠
는 쓰윽 눈물 방울을 닦아 냈다. 단둘이만 있는 시간은 금
방 지나갔다. 사람들이 아빠에게 우르르 몰려오더니 한꺼
번에 말을 쏟아 냈다.

"자, 이제 집으로 갑시다. 환상적인 파티가 기다리고 있

어요!"

아만다 X가 왁자지껄한 사람들 틈바구니에서 소리쳤다.

엘레오노레 부인은 그녀의 자가용인 롤스로이스를 우리에게 빌려 주었다. 부인은 나사못 할아버지에게 직접 운전해도 좋다는 친절까지 베풀었다. 단, 차 내부의 어떤 곳도 수리하지 않겠다는 조건으로 말이다.

"아주 근사한 차구나! 그래 이 모든 게 나를 위해서란 말이지?"

아빠가 기뻐하며 롤스로이스 안으로 한 발을 들여 놓는 순간이었다. 아만다 X가 아빠를 홱 잡아 끌었다.

"아뇨, 안 돼요, 카민스키 씨! 특별한 날인데 우리랑 이걸 타고 가야죠!"

아빠는 아만다 X가 내뻗은 팔을 따라 주욱 시선을 옮겼다. 거기엔 아만다 X의 오토바이가 서 있었다. 그리고 사이드 카 안에는 시스터 X가 자리잡고 있었다. 아빠는 몸을 움찔했다. 아마 선글라스 너머로 아빠를 훑어보고 있는 시스터 X 때문이었을 것이다.

"나보고 저걸 타고 가라고요?"

"물론이지요! 세차까지 했다우! 카민스키 씨를 위해서 말이에요!"

아만다 X가 활짝 미소를 지었다.

"호의는 참 고맙지만……."

아만다 X는 머뭇거리는 아빠의 머리 위에다 벌써 헬멧을 씌우고 있었다.

우리는 엘레오노레 부인의 차를 타고 오토바이의 뒤를 쫓아갔다. 아빠는 흘끔흘끔 시스터 X를 돌아보았다. 아마도 아빠를 물까 봐 겁을 먹은 것 같았다.

아만다 X의 집 앞에 차를 멈췄을 때 아빠는 안도의 한숨을 내쉬고 있었다. 그러나 오토바이에서 내리는 순간 쥐떼처럼 몰려드는 사진 기자들과 취재 기자들에게 둘러싸이고 말았다. 꼭 마이클 잭슨의 등장을 보는 것 같았다.

우리에겐 여기자 한 명과 두 명의 사진 기자들만 다가왔다. 그 사람들은 우리 사진을 여러 장 찍었다.

여기자는 곧장 아빠 쪽으로 다가갔다.

"석방된 소감이 어떠세요, 카민스키 씨?"

"좋습니다."

"이제 어떻게 하실 거죠?"

"아직…… 아직 생각해 보지 않았습니다."

"무슨 뚱딴지 같은 소리예요, 카민스키 씨?"

아만다 X가 끼여들었다. 아만다 X는 여기자에게 눈짓을 하며 자기 쪽으로 불렀다.

"이쪽으로 좀 와 봐요, 기자 아가씨. 혹시 수첩이랑 연필 있수?"

"에…… 예, 물론이지요."

"좋아요. 그럼 받아 써요. 카민스키 씨와 볼프 부인, 에 저쪽에 서 있는 저 분이 볼프 부인이에요, 이 두 사람은 곧 사설 탐정이 될 것이다, 이렇게 써요."

"아하!"

"이 분들은 내 사업 파트너가 될 겁니다. 나는 그러니까 예언자이자 영매이며 혼령을 불러오는 무당이에요. 제대로 적었어요? 혼령을 불러오는 무당이라고?"

"예. 그것 참…… 재미있군요."

"그리고 바로 우리 옆으로 지나가는 이 양은, 그러니까 선글라스를 쓴 양 말예요, 이 양은 이 지상의 존재가 아니랍니다. 나의 영매이지요. 그것도 써 넣어도 돼요."

"이 지상의 존재가 아니라고요?"

여기자는 아만다 X의 말을 부르짖듯이 따라 외쳤다. 하지만 아만다 X는 벌써 시스터 X의 뒤를 따라 현관 안으로 사라진 뒤였다.

"식사는 아직 더 기다려야 해요."

우리가 집 안으로 들어가자 아만다 X가 말했다.

"일단 서재에서 축하주나 한 잔씩 하는 게 어때요? 식욕도 돋울 겸."

어른들은 축하 기념으로 아만다 X가 즐겨 마시는 아몬드 술을 한 잔씩 마셨다.

우리들도 한 모금씩 맛보는 행운을 누릴 수 있었다. 축하 파티가 한창일 때 갑자기 초인종이 울렸다.

"열려 있어요!"

아만다 X가 소리쳤다.

"여보세요! 아무도 안 계세요?"

"아니, 저 자들은……."

아빠는 문으로 급히 달려 나갔다. 우리도 아빠를 뒤따라 나갔다.

현관으로 나가서야 아빠가 서둘러 나간 까닭을 알았다. 현관엔 바인라인 형사 반장이 서 있었다. 파우어 형사도 곁에 있었다. 두 사람은 면목 없는 표정으로 서 있었다. 파우어 형사는 손에 꽃다발까지 들고 있었다.

"내게 아직 볼일이 남았습니까?"

아빠가 차갑게 물었다.

"물론 우리를 쳐다보고 싶지도 않겠지. 이해하네, 카민스키."

아빠의 전 상관이었던 형사 반장이 먼저 입을 열었다.

"아마도요."

"그럴 거야. 그래서 자네가 석방되자마자 바로 왔다네. 사과를 하고 싶어서 말야. 그렇지 않은가, 파우어?"

바인라인 반장은 꿀먹은 벙어리처럼 가만히 있는 파우어 형사의 옆구리를 쿡 찔렀다. 그러나 파우어 형사는 아만다 X와 아줌마의 팔 안에서 코를 골고 있는 고양이 페넬로페, 시스터 X 쪽으로만 시선을 돌리고 있을 뿐이었다.

"안 그런가, 파우어 형사?"

"네, 음 미안하네."

"사과를 받아들여야 할지 아직 잘 모르겠습니다."

"힘들겠지, 카민스키."

바인라인 반장이 부드러운 목소리로 대꾸했다.

"시간을 두고 마음을 가라앉히게. 그리고 자네가 다시 경찰서로 나와 준다면 기쁘겠네, 친구. 이 소동은 깨끗이 잊어버리자구. 자네도 그럴 거지, 파우어?"

"그, 그래. 그래 준다면 아주 기쁠 거야."

"여기 화해의 꽃다발을 가지고 왔네. 이봐, 파우어!"

파우어 형사는 어깨를 움츠리더니 아빠에게 꽃다발을 내밀었다.

"언제쯤 다시 출근하고 싶은지 잘 생각해 보게, 친구. 자,

그럼 이제 계속 축하 파티를 즐기라구."

바인라인 반장이 말했다.

"그럴 겁니다."

아빠는 아래층으로 내려가는 두 사람의 뒤에다 대고 외쳤다.

아빠는 잠시 동안 문가에서 층계 쪽을 내려다보았다. 그리고는 우리에게 돌아왔다.

"아빠, 다시 경찰서로 들어가실 거예요? 볼프 부인하고 사설 탐정 사무소를 차리는 일은요?"

아빠는 나와 작은꽃을 번갈아 보았다. 곧 아빠 손에 들려 있던 꽃다발이 큰 원을 그리며 솟구쳐 오르더니 쓰레기통 속으로 들어갔다. 시스터 X가 후닥닥 다가가 꽃다발을 아삭아삭 갉아먹기 시작했다.

2권으로 이어집니다.